Para onde ela foi

Gayle Forman

Para onde ela foi

Tradução:
Santiago Nazarian

Novo Conceito

Esta é uma obra de ficção. Nomes, personagens, lugares e acontecimentos descritos são produto da imaginação do autor. Qualquer semelhança com nomes, datas e acontecimentos reais é mera coincidência.

4ª Impressão — 2015
Impressão e Acabamento Pancrom 190315

Produção editorial:
Equipe Novo Conceito

Este livro segue as regras da Nova Ortografia da Língua Portuguesa.

Dados Internacionais de Catalogação na Publicação (CIP)
(Câmara Brasileira do Livro, SP, Brasil)

Forman, Gayle
Para onde ela foi / Gayle Forman ; tradução Santiago Nazarian. -- Ribeirão Preto, SP : Novo Conceito Editora, 2014.

Título original: Where she went.
ISBN 978-85-8163-567-5

1. Ficção norte-americana I. Título.

14-07951 CDD-813

Índice para catálogo sistemático:
1. Ficção : Literatura norte-americana 813

Novo Conceito
Rua Dr. Hugo Fortes, 1885
Parque Industrial Lagoinha
14095-260 – Ribeirão Preto – SP
www.grupoeditorialnovoconceito.com.br

Para meus pais:
Por dizerem que eu posso

It well may be that in a difficult hour,
Pinned down by pain and moaning for release,
Or nagged by want past resolution's power,
I might be driven to sell your love for peace,
Or trade the memory of this night for food.
It well may be. I do not think I would.

Trecho de "Love is not all:
it is not meat nor drink."
EDNA ST. VINCENT MILLAY

UM

Toda manhã eu acordo e digo a mim mesmo: *É apenas um dia, um período de vinte e quatro horas para passar*. Não sei quando exatamente eu comecei a me dar esse autoestímulo diário — ou por quê. Parece um mantra dos doze passos, e eu não me ligo em nada desses Sei Lá o Quê Anônimos, apesar de que, ao ler parte das bobagens que eles escrevem sobre mim, alguém poderia pensar que eu deveria ligar. Muita gente venderia um rim só para poder experimentar um pouquinho do tipo de vida que tenho. Ainda assim, sinto necessidade de me lembrar da temporalidade de um dia, me assegurar de que passei pelo dia de ontem, que vou passar pelo dia de hoje.

Esta manhã, depois do meu cutucão diário, olhei para o relógio digital minimalista no criado-mudo do hotel. São onze e quarenta e sete, com certeza quase madrugada para mim. Mas a recepção já fez duas ligações para me acordar, seguidas de uma educada mas firme chamada de nosso empresário, Aldous. Hoje pode ser apenas um dia, mas está lotado de coisas.

Tenho estúdio marcado para fazer os acertos finais de guitarra da versão exclusiva para a internet do primeiro single do nosso recém-lançado CD. Que truque! Mesma música, novas guitarras, alguns efeitos no vocal, pague uma graninha extra por isso. "Nos dias de hoje você precisa fazer cada moeda render um dólar", os chefões da gravadora adoram nos lembrar disso.

Depois do estúdio, tenho uma entrevista durante o almoço com uma repórter da *Shuffle*. Esses dois compromissos são meio que as bases do que se tornou minha vida: fazer música, o que eu gosto, e falar sobre música, o que eu abomino. No entanto, são os dois lados da mesma moeda. Quando Aldous liga pela segunda vez, eu finalmente empurro o edredom para longe e pego o frasco da mesinha. É um troço prescrito para ansiedade que preciso tomar quando fico agitado.

Agitado é como eu me sinto normalmente. Eu me acostumei a ficar agitado. Mas, desde que começamos nossa turnê com três shows no Madison Square Garden, tenho me sentido outra pessoa. Como se estivesse prestes a ser sugado por algo poderoso e doloroso. Vorticificado.

Existe essa palavra? Eu me pergunto.

Você está falando consigo mesmo, então quem liga? Eu respondo engolindo algumas pílulas. Visto a cueca e vou para a porta do quarto, onde um bule de café já está esperando. Foi deixado ali por um empregado do hotel, que sem dúvida recebeu instruções estritas para ficar fora da minha vista.

Termino o café, me visto e sigo para o elevador de serviço e para a entrada lateral — o gerente gentilmente me deu chaves de acesso especial para eu evitar o desfile de exibidos do saguão. Na calçada, sou atingido por um golpe do ar de Nova York. É meio opressor, mas gosto que o ar seja úmido. Me lembra do Oregon, onde a chuva cai sem parar, e, mesmo no dia mais quente de verão, nuvens carregadas flutuam no céu; suas sombras me lembram que o calor do verão é passageiro e que a chuva nunca está distante.

Em Los Angeles, onde moro agora, dificilmente chove. E o calor nunca termina. Mas é um calor seco. As pessoas usam essa aridez como desculpa para tudo. "Pode estar uns quarenta e dois graus hoje", elas se vangloriam, "mas pelo menos é um calor seco".

Nova York, por outro lado, tem um calor úmido; quando chego ao estúdio, a dez quarteirões, numa área afastada na West Fifties, meu cabelo, que mantenho escondido sob um boné, está úmido. Tiro um cigarro do bolso e minha mão treme quando eu acendo. Tive um leve tremor há mais ou menos um ano. Depois de várias consultas, os médicos disseram que não era nada além de nervosismo e me aconselharam a tentar ioga.

Quando chego ao estúdio, Aldous está esperando do lado de fora, debaixo do toldo. Ele olha para mim, para meu cigarro, de volta para meu rosto. Posso ver pela forma como está me olhando se precisa agir como o policial bonzinho ou o malvado. Eu devo estar péssimo, porque ele opta pelo policial bonzinho.

— Bom dia, Raio de Sol — ele diz jovialmente.

— É? O que tem de bom no dia? — Eu tento fazer soar como uma piada.

— Tecnicamente, já é de tarde agora. Estamos atrasados.

Eu apago o cigarro. Aldous coloca uma mão gigante no meu ombro, paradoxalmente gentil.

— Precisamos de um canal de guitarra em *Sugar*, só para dar um pouco a mais para que os fãs comprem tudo de novo. — Ele ri, balança a cabeça pelo que o negócio se tornou. — Depois você tem um almoço com a *Shuffle*, e temos um ensaio de fotos para aquele "troço" do Fashion Rocks para a *Times* com o resto da banda lá pelas cinco, mais tarde uns drinques com os caras da grana na gravadora, daí saio para o aeroporto. Amanhã você tem um encontro rápido com o pessoal da propaganda e do marketing. Apenas sorria e não fale muito. Depois disso, vai sozinho até Londres.

Sozinho? Tipo o oposto de estar no seio quente de uma família quando estamos todos juntos? Eu digo. Só que digo isso para mim mesmo. Cada vez mais parece que a maioria das conversas é comigo mesmo. Acho que provavelmente é uma boa coisa.

Só que desta vez eu realmente vou estar sozinho. Aldous e o resto da banda voam para a Inglaterra esta noite. Eu deveria estar no mesmo voo com eles até perceber que era sexta-feira 13, e eu disse, tipo, nem fodendo! Já estou apavorado o suficiente com esta turnê do jeito que está, então não vou surtar mais saindo no dia oficial da má sorte. Assim, fiz o Aldous marcar minha passagem para o dia seguinte. Vamos gravar um clipe em Londres e fazer muita divulgação antes de começar a turnê, então não é que eu vá perder um show; é só um encontro preliminar com o diretor do nosso clipe. Não preciso ouvir a visão artística dele. Quando começarmos a gravação, eu faço o que ele mandar.

Sigo Aldous até o estúdio e entro na sala de gravação, onde somos apenas eu e uma fileira de guitarras. Do outro lado do vidro estão nosso produtor, Stim, e os engenheiros de som. Aldous se junta a eles.

— Tá, Adam — diz Stim —, mais um canal na ponte e no refrão. Só para ficar mais meloso. Vamos mexer nos vocais e na mixagem.

— Meloso. Entendi. — Coloco os fones e pego minha guitarra para afinar e me aquecer. Tento não notar que, apesar do que Aldous disse alguns minutos atrás, parece que eu *já estou* solitário. Eu sozinho numa cabine à prova de som. *Não pense demais,* digo a mim mesmo. *É assim que você grava em um estúdio moderno.* O único problema é que eu me senti igual há alguns anos no Garden. Lá no palco, na frente de dezoito mil fãs, ao lado das pessoas que havia muito tempo eram parte da minha família, eu me senti tão sozinho como nesta cabine.

Ainda assim, poderia ser pior. Começo a tocar e meus dedos se tornam mais ágeis. Eu me levanto do banquinho e bato e soco minha guitarra, até ela guinchar e gritar da forma como eu quero. Ou quase isso. Há provavelmente muito dinheiro em guitarras nesta sala, mas nenhuma delas soa tão bem quanto minha velha Les Paul Junior — a guitarra que tive por anos, com a qual gravei nossos primeiros CDs, aquela que, num surto de idiotice ou arrogância, ou sei lá o quê, eu permiti que fosse leiloada para caridade. As substitutas brilhantes, caras, nunca soaram ou pareceram exatamente certas. Ainda assim, quando eu rasgo alto, consigo me perder por um segundo ou dois.

Mas tudo termina rápido demais, então Stim e os engenheiros me cumprimentam e me desejam sorte na turnê, e Aldous me conduz para fora e para uma limusine, e nós seguimos pelo SoHo, para um restaurante que os assessores de imprensa da nossa gravadora decidiram ser um bom lugar para nossa entrevista. Eles pensam que não serei capaz de gritar ou dizer algo que me queime se estiver num local público caro? Eu me lembro lá nos primeiros dias, quando os entrevistadores tinham blogs e eram fãs e queriam principalmente falar de rock — discutir a *música* — e queriam falar com todos nós juntos. Na maioria das vezes era uma conversa normal, com todo mundo falando ao mesmo tempo. Naquele tempo eu não me preocupava em frear minhas palavras. Mas agora os repórteres entrevistam a mim e depois a banda separadamente, tentando fazer com que um denuncie o outro.

Preciso de um cigarro antes de entrar, então Aldous e eu ficamos do lado de fora do restaurante, no sol escaldante do meio-dia, enquanto uma multidão de pessoas se junta e olha para mim fingindo não olhar. É a diferença entre Nova York e o resto do mundo. As pessoas são tão loucas por celebridades quanto em qualquer lugar, mas os nova-iorquinos — ou pelo menos aqueles que se consideram sofisticados e caminham pelo quarteirão do SoHo em que estou parado agora — fingem que não ligam, mesmo olhando através de seus óculos escuros de trezentos dólares. Depois agem com indiferença quando alguém corre e pede um autógrafo, como duas garotas de moletom da U Michigan acabaram de fazer, para grande irritação de um trio de esnobes próximos, que viram as meninas e reviraram os olhos, me dando um olhar de solidariedade. Como se as *meninas* fossem o problema.

— Precisamos arrumar um disfarce melhor para você, Wilde Man — disse Aldous, depois que as meninas, rindo de empolgação, se afastaram. Ele é o único que tem permissão para me chamar assim ainda. Antes costumava ser um apelido geral, uma brincadeira com meu sobrenome, Wilde. Mas em determinada ocasião eu detonei um quarto de hotel, e, depois disso, Wilde Man, "o homem selvagem", virou um clichê inevitável dos tabloides.

Daí, como se aproveitasse a deixa, um fotógrafo aparece. Não se pode ficar parado na frente de um hotel de luxo que isso acontece.

— Adam! Bryn está lá dentro? — Uma foto minha com Bryn vale quatro vezes mais que uma minha sozinho. Mas, depois que o primeiro flash se apaga, Aldous coloca uma mão na frente da lente do cara e outra na frente do meu rosto.

Enquanto me conduz para dentro, ele vai me preparando. — A repórter se chama Vanessa LeGrande. Ela não é um desses tipos pavorosos que você odeia. É jovem. Não mais jovem do que você, mas deve ter uns vinte e poucos, acho. Escrevia em um blog antes de ser contratada pela *Shuffle*.

— Que blog? — eu interrompo. Aldous raramente me dá fichas detalhadas sobre os repórteres a não ser que haja uma razão.

— Não tenho certeza. Talvez Gabber.

— Ah, Al, é uma merda de um site de fofocas.

— A *Shuffle* não é um site de fofocas. E esta é a exclusiva para a capa.

— Ótimo. Que seja — eu digo, empurrando a porta do restaurante. Dentro há mesas baixas de aço e vidro e banquinhos de couro, como um milhão de outros lugares em que já estive. Estes restaurantes se acham demais, mas na verdade são apenas versões mais caras, mais enfeitadas, do McDonald's.

— Lá está ela, na mesa do canto, a loira com mechas — Aldous diz. — Ela é uma gata. Não que isso lhe falte. Droga, não diga a Bryn que eu disse isso. Tá, esquece, vou estar lá no bar.

Aldous vai ficar para a entrevista? Isso é trabalho de assessor de imprensa, só que eu me recusei a ser escoltado por assessores de imprensa. Devo parecer mesmo surtado.

— Está de babá? — pergunto.

— Não. Só achei que você poderia precisar de reforços.

Vanessa LeGrande é bem gata. Talvez *gostosa* seja um termo mais preciso. Não importa. Posso ver pela forma como ela lambe os lábios e joga o cabelo para trás que ela sabe disso, e isso estraga muito do efeito. Uma tatuagem de cobra corre pelo seu pulso, e aposto nosso disco de platina que ela tem um carimbo de vadia. Com certeza, quando ela procura na bolsa um gravador digital, saindo do cós de seu jeans de cintura baixa há uma flechinha apontando para o sul. *Classuda.*

— Oi, Adam — Vanessa diz, olhando para mim de forma conspiratória, como se fôssemos velhos amigos. — Posso já dizer que sou uma grande fã sua? *Collateral damage* me ajudou a passar por um fim de namoro arrasador no último ano da faculdade. Então, obrigada. — Ela sorri para mim.

— Hum, não tem de quê.

— E agora eu gostaria de retribuir o favor escrevendo sobre o melhor perfil da Shooting Star que já foi visto. Então, que tal nós irmos direto ao ponto e mergulharmos no assunto?

Direto ao ponto? As pessoas ao menos entendem metade da merda que sai de suas bocas? Vanessa pode estar tentando ser abusada ou safada, ou querendo me conquistar com sinceridade, ou me mostrar como ela é real, mas, o que quer que ela esteja tentando, não vou cair nessa. — Claro — é tudo o que eu digo.

Um garçom chega para anotar o pedido. Vanessa pede uma salada, eu peço uma cerveja. Vanessa folheia seu caderno de anotações. — Sei que não devemos falar sobre *BloodSuckerSunshine...* — ela começa.

Imediatamente eu franzo a testa. É *exatamente* do que devemos falar. É por isso que estou aqui. Não para sermos amiguinhos. Não para trocar segredos. Mas porque é parte do meu trabalho promover os álbuns da Shooting Star.

Vanessa joga charme. — Estou ouvindo há semanas, e sou uma garota volúvel, difícil de agradar. — Ela ri. Ao longe, escuto Aldous pigarrear. Olho para ele. Está com um sorriso falso gigante, me fazendo sinal de positivo. Ele parece ridículo. Eu me viro para Vanessa e me forço a sorrir de volta. — Mas, agora que seu segundo CD saiu e seu som mais pesado está estabelecido, acho que podemos concordar com isso, quero escrever algo definitivo. Marcar sua evolução de banda de emocore para os descendentes do agita-rock.

Descendentes do agita-rock? Essa coisa de se dar importância desconstrucionista era algo que me brochava bem no começo. Até onde eu sei, escrevo músicas: acordes, batidas e letras, versos, pontes e ganchos. Mas daí, conforme a gente cresceu, as pessoas começaram a dissecar as músicas, como um sapo na aula de biologia, até não sobrar nada além de tripas — partes pequenas, muito menos do que a soma.

Eu reviro os olhos levemente, mas Vanessa está focada em suas anotações. — Eu estava ouvindo uns shows das suas primeiras músicas. É tão pop. E tenho lido tudo sobre vocês, cada post de blog, cada e-zine. E quase todo mundo se refere a esse "buraco negro" da Shooting Star, mas ninguém realmente penetra lá. Vocês tiveram seus lançamentos independentes; foram bem; foram escalados para o primeiro time, mas daí tem esse intervalo. Boatos de que a banda iria se desfazer. Daí vem o *Collateral damage.* E pau. — Vanessa imita uma explosão vinda de seus punhos fechados.

É um gesto dramático, mas não totalmente infundado. *Collateral damage* saiu há dois anos, e, com um mês de lançamento, o single *Animate* entrou nas paradas nacionais e viralizou. Costumávamos brincar que não dava para ouvir rádio por mais de uma hora sem que ela tocasse. Daí *Bridge* explodiu, e logo o CD estava na primeira posição no *iTunes*, que por sua vez fez cada loja do país ter o CD em estoque, e logo estava tirando a Lady Gaga da primeira posição na lista da *Billboard.* Por um bom tempo parecia que o álbum estava carregado no iPod de cada pessoa com idade entre doze e vinte e quatro. Em questão de meses, nossa banda semiesquecida do Oregon estava na capa da revista *Time* sendo considerada o "Nirvana do Novo Milênio".

Mas nada disso é novidade. Foi tudo documentado, sem parar, até enjoar, inclusive na *Shuffle.* Não tenho certeza sobre aonde Vanessa quer chegar.

— Sabe, todo mundo parece atribuir o som mais pesado ao fato de Gus Allen ter produzido *Collateral damage.*

— Certo — eu digo. — Gus é do rock.

Vanessa toma um gole de água. Posso ouvir o piercing de sua língua estalar.

— Mas Gus não escreveu essas letras, que são a base para todo o magnetismo. Você escreveu. Toda essa força bruta e emoção. É como se *Collateral damage* fosse o álbum mais raivoso da década.

— E pensar que estávamos indo para o mais alegre.

Vanessa olha para mim, estreita os olhos.

— Falei como elogio. Foi bem catártico para muita gente, incluindo eu. E essa é a questão. Todo mundo sabe que alguma coisa rolou durante seu "buraco negro". Vai acabar saindo, então por que esconder os fatos? A que se refere o "efeito colateral"? — ela pergunta, fazendo aspas com os dedos. — O que aconteceu com vocês? Com você?

Nosso garçom entrega a salada de Vanessa. Eu peço uma segunda cerveja e não respondo à pergunta. Não digo nada. Só mantenho meus olhos abaixados. Porque Vanessa está certa numa coisa: nós controlamos, *sim*, a verdade. Nos primeiros dias, ouvi essa pergunta o tempo todo, mas apenas dávamos respostas vagas: levou um tempo para encontrarmos nosso som, escrevermos nossas músicas. Mas agora a banda é grande o suficiente para que nossa assessoria lance uma lista de assuntos proibidos para os repórteres: o relacionamento de Liz e Sarah, o meu com Bryn, os antigos problemas com drogas de Mike — e o "buraco negro" da Shooting Star. Mas Vanessa aparentemente não recebeu o recado. Lanço um olhar para Aldous, buscando ajuda, mas ele está mergulhado numa conversa com o barman. Grande apoio.

— O título se refere à guerra — eu digo. — Nós já explicamos isso antes.

— Certo — ela diz, revirando os olhos. — Por isso suas letras são *tão* políticas.

Vanessa me encara com seus grandes olhos azuis. Essa é a técnica de uma repórter: criar um silêncio desconfortável e esperar que a gente comece a falar tudo, sem parar. Mas não vai funcionar comigo. Posso vencer qualquer olho no olho.

Os olhos de Vanessa de repente ficam frios e duros. Ela abruptamente coloca sua personalidade animada e sedutora de lado e me encara com uma ambição dura. Parece faminta, mas é um avanço porque pelo menos ela está sendo sincera. — O que aconteceu, Adam? Sei que tem uma história aí, *a* história da Shooting Star, e sou eu que vou contá-la. O que transformou essa banda de indie pop num fenômeno do rock?

Sinto um soco duro no estômago. — A vida aconteceu. E levou um tempo para a gente escrever coisas novas...

— Levou um tempo para *você* — Vanessa interrompe. — Você escreveu os dois discos mais recentes.

Dou de ombros.

— Vamos, Adam! *Collateral damage* é seu disco. É sua obra-prima. Devia ter orgulho disso. Eu sei a história por trás disso, por trás de sua banda, e sua história também. Uma grande mudança desse tipo, de um colaborativo quarteto indie para uma força punk emocional levada ao estrelato... É tudo você. Quero dizer que você sozinho estava lá no Grammy, aceitando o prêmio pela melhor música. Qual foi a sensação?

Uma merda. — Caso você tenha esquecido, a banda toda ganhou como revelação. E isso faz mais de um ano.

Ela concorda. — Olha, não estou tentando diminuir ninguém ou reabrir feridas. Só estou querendo entender a mudança. Na música. Nas letras. Na dinâmica da banda. — Ela me dá um olhar compreensivo. — Todos os sinais apontam para você como o responsável por isso.

— Não há um único responsável. Nós apenas acertamos nossa música. Acontece o tempo todo. Como Dylan indo pro som elétrico. Como Liz Phair tornando-se comercial. Mas as pessoas tendem a surtar quando algo diverge das expectativas.

— Só sei que há algo mais aí — Vanessa continua, empurrando com força a mesa contra mim. Tenho que me proteger e empurrá-la de volta.

— Bem, você obviamente tem sua teoria, então não deixe a verdade se intrometer.

Os olhos dela reluzem por um rápido segundo e eu percebo que a irritei, mas então ela levanta as mãos. Suas unhas estão roídas. — Bem, quer saber da minha teoria? — ela fala arrastado.

Não exatamente. — Solta aí.

— Conversei com algumas pessoas que estudaram com você.

Sinto meu corpo todo congelar, matéria macia virando chumbo. É preciso uma concentração extrema para eu levar o copo aos meus lábios e fingir dar um gole.

— Não sabia que você tinha estudado no mesmo colégio de Mia Hall — ela diz levemente. — Conhece? A violoncelista? Ela está começando um rebuliço no mundo. Ou um alvoroço na música clássica. Talvez certa agitação.

O copo treme na minha mão. Tenho de usar a outra mão para ajudar a baixá-lo para a mesa e evitar que vire em mim. *Todas as pessoas que realmente sabem o que aconteceu naquela época não estão falando,* eu lembro a mim mesmo. *Boatos, até os verdadeiros, são como chamas: tire o oxigênio e eles vacilam e morrem.*

— Nossa escola tinha um bom programa de arte. Era meio um solo de cultivo para músicos — eu explico.

— Faz sentido — Vanessa diz, assentindo. — Há um vago boato de que você e Mia foram namorados no colégio. O que é engraçado, porque nunca li sobre isso em lugar nenhum e certamente parece digno de nota.

Uma imagem de Mia aparece diante de meus olhos. Dezessete anos, aqueles olhos escuros cheios de amor, intensidade, medo, música, sexo, mágica, dor. Suas mãos congeladas. Minhas próprias mãos congeladas agora, agarrando um copo de água gelada.

— Seria digno de nota se fosse verdade — eu digo, forçando a voz num tom contido. Dou outro gole na água e faço sinal para o garçom trazer outra cerveja. É minha terceira, a sobremesa do meu almoço líquido.

— Então não é? — ela diz, desconfiada.

— Está forçando — respondo. — Nos conhecemos por alto da escola.

— É, não encontrei ninguém que conhecesse vocês dois para confirmar. Mas então consegui um antigo anuário e nele há uma foto meiga de vocês dois. Parecem mesmo um casalzinho. O problema é que não tem nome na foto, só uma legenda. Então, a não ser que você saiba como é a aparência de Mia, você pode deixar passar.

Obrigado, Kim Schein: a melhor amiga de Mia, rainha do anuário, paparazzo. Não queríamos aquela foto, mas Kim enfiou lá sem incluir nossos nomes, só aquele apelido idiota.

— A nerd e o descolado? — Vanessa pergunta. — Vocês até têm um apelido.

— Está usando anuários de escola como fonte? O que vem em seguida, Wikipedia?

— Você dificilmente é uma fonte confiável. Você disse que se conheciam "por alto".

— Olha, a verdade é que talvez tenhamos ficado umas semanas, bem quando essas fotos foram tiradas. Mas, ei, saí com muitas meninas no colégio. — Dou a ela meu melhor sorrisinho de pegador.

— Então você não a vê desde o colégio?

— Desde que ela foi para a faculdade — eu digo. Essa parte pelo menos é verdade.

— Então por que os seus colegas de banda disseram "sem comentários" quando perguntei sobre ela? — ela questiona, me olhando firme.

Porque, por mais que o resto tenha dado errado com a gente, ainda somos leais. Sobre isso. Eu me forço a falar alto: — Porque não tem nada a ser falado. Acho que pessoas como você gostam do aspecto sensacionalista de, você sabe, dois músicos conhecidos da mesma escola sendo um casal.

— Pessoas como eu? — Vanessa pergunta.

Abutres. Sanguessugas. Ladrões de alma. — Repórteres, eu digo. — Vocês gostam muito de contos de fadas.

— Bem, quem não gosta? — Vanessa diz. — Apesar de sabermos que a vida daquela mulher não chega perto de um conto de fadas. Ela perdeu a família toda num acidente de carro.

Vanessa simula um tremor, como se faz quando se fala sobre as infelicidades de alguém com quem você não tem nada a ver, que não te atinge e nunca atingirá. Nunca bati numa mulher na minha vida, mas por um minuto quero dar um soco no rosto dela, dar a ela um gostinho da dor que está descrevendo tão casualmente.

— Falando em contos de fadas, você e Bryn Shraeder vão ter um bebê? Eu a vejo em todos os tabloides que estão de olho em barriguinhas.

— Não — eu respondo. — Não que eu saiba. — Estou bem certo de que Vanessa sabe que Bryn é assunto proibido, mas, se falar sobre a gravidez de Bryn vai distraí-la, então vamos nessa.

— *Não que eu saiba?* Vocês ainda estão juntos, certo?

Deus, que fome nos olhos dela. Com toda essa conversa de escrever sobre a banda, por todos os meios investigativos dela, Vanessa não é diferente das outras jornalistas meia-boca e fotógrafos perseguidores, morrendo para serem os primeiros a publicar um furo de reportagem, seja para um nascimento: *Adam e Bryn terão gêmeos*? Ou uma morte: *Bryn fala para seu Wilde Man: "Acabou!"*. Nenhuma das duas é verdade, mas às vezes eu vejo ambas nas capas de diferentes revistas de fofocas ao mesmo tempo.

Eu penso na casa em Los Angeles que eu e Bryn dividimos. Ou em que coabitamos. Não consigo me lembrar da última vez em que nós dois estivemos juntos por mais de uma semana. Ela faz dois, três filmes por ano, e acabou de abrir a própria empresa de produção. Então, entre filmar e promover seus filmes e buscar peças para produzir e eu no estúdio e em turnê, nós parecemos estar em calendários opostos.

— Sim, Bryn e eu ainda estamos juntos — digo a Vanessa. — E ela não está grávida. Ela só está naquela fase de usar camisa velha, então todo mundo supõe que seja para esconder a barriga. Não é.

Verdade seja dita, eu às vezes me pergunto se Bryn usa essas camisas de propósito, para atrair os vigilantes de barriga como forma de tentar o destino. Ela quer *muito* um filho. Mesmo que publicamente Bryn tenha vinte e quatro anos, na verdade ela tem vinte e oito, e alega que seu relógio biológico esteja batendo e tudo o mais. Mas eu tenho vinte e um, e nós só estamos juntos há um ano. E não me importo se Bryn diz que tenho alma velha e já passei por uma vida toda. Mesmo se eu tivesse quarenta e um, e Bryn e eu tivéssemos comemorado vinte anos juntos, eu não iria querer um filho com ela.

— Ela vai com você para a turnê?

À simples menção de uma turnê, sinto minha garganta começar a fechar. A turnê tem sessenta e sete noites de duração. *Sessenta e sete.* Eu mentalmente pego meu frasco de pílulas, fico mais calmo sabendo que ele está lá, mas sou esperto o suficiente para não pegar uma na frente de Vanessa.

— Hum? — pergunto.

— Bryn vai encontrá-lo na turnê em algum momento?

Eu imagino Bryn na turnê, com seus *stylists*, seu instrutor de pilates, sua mais recente dieta de comida crua. — Talvez.

— O que acha de morar em Los Angeles? — Vanessa pergunta. — Você não parece com o pessoal de lá.

— O clima é seco — respondo.

— O quê?

— Nada. Uma piada.

— Ah. Certo. — Vanessa me olha de forma cética. Eu não leio mais entrevistas sobre mim, mas, quando lia, palavras como *impenetrável* frequentemente eram usadas. E *arrogante.* É realmente como as pessoas me veem?

Por sorte, nossa hora acabou. Ela fecha o caderno e pede a conta. Eu procuro os olhos aliviados de Aldous, para que ele saiba que estamos encerrando.

— Foi bacana conhecer você, Adam — ela diz.

— É, você também — eu minto.

— Preciso dizer que você é um quebra-cabeça — Ela sorri, e seus dentes reluzem num branco não natural. — Mas gosto de quebra-cabeças. Como suas letras, todas essas imagens pavorosas em *Collateral damage*. E as letras do disco novo também são muito enigmáticas. Você sabe que alguns críticos questionam se *BloodSuckerSunshine* pode se equiparar à intensidade de *Collateral damage*...

Já sei o que vem. Já ouvi isso antes. É o que os repórteres fazem. Citam a opinião de outros críticos como uma forma duvidosa de expor as deles próprios. E sei o que ela *realmente* está perguntando, mesmo que não pergunte: *Qual* é a sensação de saber que a única coisa digna que você já criou veio do pior tipo de perda?

De repente, é demais para mim. Bryn e os vigias da barriga. Vanessa com meu anuário escolar. A ideia de que nada é sagrado. Tudo é ração para animais. Que minha vida pertence a qualquer um menos a mim. Sessenta e sete noites. *Sessenta e sete, sessenta e sete.* Eu empurro a mesa com força para que os copos de água e cerveja caiam no colo dela.

— Que p...?

— A entrevista terminou — eu rosno.

— Eu sei. Por que está surtando comigo?

— Porque você não é nada além de um urubu! Isso não tem nada a ver com música. É mexerico, bisbilhotice.

Os olhos de Vanessa se agitam enquanto ela mexe no gravador. Antes de ela ter chance de ligá-lo novamente, eu o pego e bato com força na mesa, quebrando-o, então despejo um copo-d'água em cima dele só para completar. Minha mão está tremendo e meu coração bate forte, e eu sinto o início de um ataque de pânico, do tipo que me faz ter certeza de que estou prestes a morrer.

— O que você fez? — Vanessa grita. — Não tenho um gravador reserva.

— Que bom.

— Como vou escrever minha matéria agora?

— Chama *isso* de matéria?

— É. Algumas pessoas precisam trabalhar para ganhar a vida, seu mimadinho cuzão...

— Adam! — Aldous está do meu lado, colocando três notas de cem na mesa. — Para comprar um novo — ele diz a Vanessa, antes de me conduzir para fora do restaurante e para um táxi. Ele joga outra nota de cem para o motorista depois de impedir que eu acenda um cigarro. Aldous faz uma busca no meu bolso e pega o frasco, tira uma pílula e diz: — Abra a boca — como uma mãe superprotetora.

Ele espera até nos afastarmos do hotel, até eu ter tragado dois cigarros continuamente e engolido outra pílula para ansiedade. — O que aconteceu lá?

Conto a ele. Sua pergunta sobre o "buraco negro". Bryn. Mia.

— Não se preocupe. Podemos ligar para a *Shuffle*. Ameaçar tirar a exclusiva se eles não colocarem outra repórter na matéria. E talvez isso entre nos tabloides ou nas fofocas por alguns dias, mas não é lá uma grande história. Vai desaparecer.

Aldous está falando calmamente, como *ei, it's only rock 'n' roll*, mas posso ler a preocupação em seus olhos.

— Não posso, Aldous.

— Não se preocupe com isso. Não precisa. É só uma matéria. Dá para cuidar disso.

— Não é só isso. Não consigo. Nada disso.

Aldous, que eu acho que não dormiu uma noite inteira desde que fez turnê com o *Aerosmith*, se permite parecer exausto por alguns segundos. Então ele retorna para o mundo empresarial. — Você só teve uma crise pré-tour. Acontece com os melhores — ele me assegura. — Quando cair na estrada, na frente da multidão, começar a sentir o amor, a adrenalina, a música, você vai se encher de energia. Quero dizer, diabos, você vai fritar com certeza, mas fritar de alegria. E, chegando novembro, quando acabar, você pode "morgar" numa ilha onde ninguém sabe quem você é, onde ninguém dá a mínima para a Shooting Star. Ou o selvagem Adam Wilde.

Novembro? Estamos em agosto agora. São três meses. E a turnê tem sessenta e sete noites. *Sessenta e sete.* Eu repito na minha cabeça como um mantra, só que o efeito é o oposto de um mantra. Me faz querer arrancar punhados de cabelo.

Como dizer a Aldous, como contar a qualquer deles que a música, a adrenalina, o *amor*, todas as coisas que aliviam quão difícil se tornou, tudo se foi? Só sobrou o redemoinho. E estou bem no meio dele.

Meu corpo todo está tremendo. Estou surtando. Um dia pode ter apenas vinte e quatro horas, mas às vezes passar por um parece tão impossível quanto escalar o Everest.

DOIS

Fio e agulha, pele e osso
Cuspe e suor, coração no fosso
Suas linhas brilham como diamantes em sua mão
São estrelas iluminando minha vida nesta prisão[1]
"Stitch"
<u>Collateral damage</u>, faixa 7

Aldous me deixa na frente do hotel. — Olha, cara, acho que você só precisa de um tempo para relaxar. Então, escute: vou cancelar sua agenda pelo resto do dia e também as suas reuniões de amanhã. Seu voo para Londres é só às sete da noite; você só precisa estar no aeroporto às cinco. — Ele olha para o telefone. — Tem mais de vinte e quatro horas para fazer o que quiser. Eu prometo que você vai se sentir bem melhor. Apenas fique livre.

Aldous está me espiando com um olhar de preocupação. Ele é meu amigo, mas também é responsável por mim. — Vou mudar meu voo — ele anuncia. — Viajo com você amanhã.

Fico envergonhado de tão agradecido. Voar na primeira classe com a banda não é grande coisa. Nós todos ficamos plugados nos nossos tanques de luxo, mas pelo menos quando viajo com eles não estou sozinho. Quando viajo sozinho, quem sabe ao lado de quem vou viajar? Uma vez teve um executivo japonês que não parava de falar

---

[1] *Needle and thread, flesh and bone*
Spit and sinew, heartbreak is home
Your suture lines sparkle like diamonds
Bright stars to light my confinement

comigo durante as dez horas de voo. Eu queria mudar de lugar, mas não queria parecer "a estrela do rock", então fiquei sentado lá, fazendo que sim com a cabeça, sem entender metade do que ele estava dizendo. Mas pior ainda são as vezes em que estou realmente sozinho nesses longos voos.

Sei que Aldous tem muito a fazer em Londres. Mais precisamente, sei também que perder a reunião amanhã com o resto da banda e o diretor do clipe vai ser mais um pequeno terremoto. Que seja. Há muito mais com que se importar agora. Além do mais, ninguém culpa Aldous; eles culpam a mim.

Então é uma imposição enorme fazer Aldous passar um dia a mais em Nova York. Ainda assim aceito sua oferta, mesmo quando faço pouco da sua generosidade murmurando. — Tá.

— Legal. Esfria a cabeça. Eu vou te deixar em paz, nem vou ligar. Quer que eu te pegue aqui ou te encontre no aeroporto? O resto da banda está hospedado no centro da cidade.

Criamos o hábito de ficar em hotéis separados desde a última turnê, e Aldous, diplomaticamente, alterna entre ficar no meu hotel e no deles. Desta vez ele está com eles.

— Aeroporto. Eu te encontro no saguão — digo a ele.

— Então tá. Vou pedir um carro para você às quatro. Até lá, apenas relaxe. — Ele me dá um misto de aperto de mão com abraço, então volta ao táxi, sumindo para seu próximo compromisso, provavelmente consertando cercas que eu quebrei hoje.

Vou para a entrada de serviço e sigo para o quarto. Tomo uma ducha, cogito voltar a dormir. Mas hoje em dia o sono me escapa mesmo com um armarinho cheio de remédios para ajudar. Das janelas do décimo oitavo andar, posso ver o sol da tarde banhando a cidade em seu brilho quente, fazendo Nova York parecer de certa forma aconchegante, mas deixando a suíte parecer claustrofóbica e quente. Visto um jeans limpo e minha camiseta preta da sorte. Queria reservar esta camiseta para amanhã, quando saio para a turnê, mas sinto que preciso de sorte agora, então ela vai ter de fazer jornada dupla.

Ligo meu iPhone. Há cinquenta e nove e-mails e dezessete novas mensagens de voz, incluindo várias da assessoria, agora certamente enfurecida, e um monte de Bryn, perguntando como foi no estúdio e com a entrevista. Eu poderia ligar para ela, mas qual é o sentido? Se eu contar sobre Vanessa LeGrande, ela vai ficar chateada por eu ter perdido a "compostura" na frente de uma repórter. Ela está tentando me tirar os maus hábitos. Diz que, toda vez que eu surto na frente da imprensa, eu só os atiço mais. "Dê a eles uma fachada sem graça, Adam, e eles vão parar de escrever tanto sobre você", ela me aconselha constantemente. Eu tenho a sensação de que, se contasse a Bryn o que realmente mexe comigo, ela provavelmente perderia sua fachada também.

Penso no que Aldous disse sobre me afastar disso tudo, desligo o telefone e o jogo no criado-mudo. Então pego o boné, os óculos escuros, as pílulas e a carteira e saio pela porta. Viro na Columbus, seguindo em direção ao Central Park. Um carro de bombeiros passa por mim com as sirenes ligadas. *Coce a cabeça ou sofra à beça.* Nem me lembro de onde aprendi essa rima infantil ou o ditado que diz para você coçar a cabeça toda vez que ouve uma sirene, para que a próxima sirene não seja para você. Mas sei quando comecei a fazer isso, e agora virou um vício. Ainda assim, num lugar como Manhattan, onde as sirenes estão sempre tocando, pode se tornar exaustivo levar isso adiante.

É o começo da noite, o calor agressivo suavizou-se um pouco, e é como se todos sentissem que é mais seguro sair agora: estão fazendo piquenique no gramado, empurrando carrinho nas calçadas, flutuando em canoas pelo lago tomado de vitórias-régias.

Por mais que eu goste de observar as pessoas fazendo suas coisas, tudo me leva a sentir-me exposto. Eu não entendo como as outras pessoas com vida pública fazem isso. Às vezes vejo fotos do Brad Pitt com seu bando de filhos no Central Park, brincando nos balanços, e ele claramente foi seguido pelos paparazzi, mas ainda assim parece que está tendo um dia normal com sua família. Ou talvez não. As fotos podem ser bem enganadoras.

Pensar nisso tudo e passar por pessoas felizes curtindo uma noite de verão me faz me sentir como um alvo em movimento, mesmo com o boné puxado para baixo e usando óculos escuros e sem a companhia de Bryn. Quando estamos juntos, é quase impossível escapar do radar. Sou tomado dessa paranoia, nem tanto de ser fotografado ou seguido por um bando de fãs querendo autógrafos — apesar de não querer mesmo lidar com isso agora —, mas de zombarem de mim como a única pessoa no parque todo que está sozinha, mesmo que obviamente não seja esse o caso. Ainda assim, sinto que a qualquer segundo as pessoas vão começar a me apontar, a tirar sarro de mim.

Então é assim que ficou? É assim que *eu* fiquei? Uma contradição ambulante, sou cercado por gente e me sinto sozinho. Clamo por um pouco de normalidade, mas, agora que tenho um pouco, é como se não soubesse o que fazer com isso, não sei mais como ser uma pessoa normal.

Caminho pelas ruas, onde as únicas pessoas com quem posso trombar são do tipo que não quer ser encontrado. Compro um cachorro-quente e acabo com ele em poucas mordidas, e só então percebo que não comi o dia inteiro; o que me faz pensar no almoço — e no desastre com Vanessa LeGrande.

O que rolou lá? Quero dizer, você é conhecido por ficar estressado com repórteres, mas isso foi uma atitude de amador, digo a mim mesmo.

Só estou cansado, justifico. *Sobrecarregado*. Acho que a turnê vai ser como um solo coberto de musgos que começa a se abrir e tremer.

Sessenta e sete noites, tento racionalizar. *Sessenta e sete noites não é nada*. Tento dividir o número, fracionar, fazer algo para parecer menor, mas nada divide bem em sessenta e sete. Continuo a calcular. Quatorze países, trinta e nove cidades, algumas centenas de horas num ônibus de turnê. Mas o cálculo só acelera o zumbido na minha cabeça e eu começo a ficar tonto. Agarro um tronco de árvore e encosto a cabeça, o que me lembra do Oregon e me faz voltar àquele tempo.

Não consigo deixar de pensar em como me sentia quando era mais novo e lia sobre legiões de artistas que fracassavam — Morrison, Joplin, Cobain, Hendrix. Eles me enojavam. *Eles conseguiram o que queriam, e daí o que eles fazem? Eles se drogam até o esquecimento. Ou dão um tiro na cabeça. Que bando de babacas!*

Bem, olhe para você agora. Você não é um viciado, *mas não é lá muito melhor.*

Eu mudaria se pudesse, mas, até agora, me mandar ficar quieto e aproveitar a viagem não teve muito impacto. Se as pessoas ao meu redor soubessem como eu me sinto, elas ririam de mim. Não, não é verdade. Bryn não riria. Ela ficaria abismada com minha falta de habilidade em aproveitar o que eu conquistei com trabalho tão duro.

Mas eu trabalhei tão duro? Existe essa crença entre minha família, Bryn e o resto da banda — bem, pelo menos costumava haver entre esses caras — de que, de certa forma, eu mereço tudo isso, que o sucesso e a riqueza são como uma recompensa. Eu nunca pensei realmente nisso. O carma não é como um banco. Faça um depósito, faça uma retirada. Mas cada vez mais eu começo a suspeitar de que isso tudo é uma recompensa por algo — só que não é uma boa recompensa.

Busco um cigarro, mas meu maço acabou. Fico de pé, limpo meu jeans e vou saindo do parque. O sol começa a descer no oeste, uma bola brilhante caindo em direção ao Hudson e deixando manchas coloridas no céu. É bonito de fato, e por um segundo eu me forço a admirá-lo.

Viro na Sétima, paro para comprar cigarro, então sigo para o centro. Vou voltar ao hotel, pedir comida, talvez cair no sono cedo, para variar. Na frente do Carnegie Hall, táxis param, deixando pessoas para os shows da noite. Uma velha usando pérolas e salto alto cambaleia para fora de um táxi, seu acompanhante curvado num smoking segura o cotovelo dela. Vendo-os sair juntos, sinto um aperto no peito. *Olhe para o pôr do sol,* digo a mim mesmo. *Olhe para algo com beleza.* Mas, quando meus olhos se voltam para o céu, ele já está coberto por manchas escurecidas.

Mimadinho cuzão. Foi do que a repórter me chamou. Ela era uma imbecil, mas naquele momento estava falando a verdade.

Meu olhar se volta para a terra, e, quando isso acontece, são os olhos *dela* que eu vejo. Não da forma que eu costumava vê-los — em cada canto, atrás dos meus próprios olhos fechados no começo de cada dia. Não da forma como eu costumava imaginá-los nos olhos de cada menina que conhecia. Não, desta vez são realmente os olhos dela. Uma foto dela, vestida de preto, com o violoncelo apoiado contra um ombro como uma criança cansada. Seu cabelo está preso no coque que parece ser obrigatório para musicistas clássicas. Ela costumava usá-lo assim em recitais e concertos de música de câmara, mas com pequenas mechas caindo, para suavizar a severidade do visual. Não há mechas nesta foto. Espio a placa mais de perto. CONCERTOS PARA JOVENS APRESENTA MIA HALL.

Há alguns meses, Liz quebrou o acordo de tudo relacionado a Mia e me mandou um recorte da revista *All About Us. Achei que você deveria ver isso*, estava escrito num post-it. Era um artigo chamado: "Vinte com menos de 20", trazendo "jovens prodígios" promissores. Havia uma página sobre Mia, incluindo uma foto para a qual eu mal conseguia olhar, e uma matéria sobre ela. Só depois de algum tempo respirando fundo eu consegui ver por cima. A matéria a chamava de "parente de Yo-Yo Ma". Apesar de tudo, eu sorri com isso. Mia costumava dizer que as pessoas que não tinham nada a dizer sobre o violoncelo sempre descreviam violoncelistas como o próximo Yo-Yo Ma porque ele era o único ponto de referência. "Que tal Jacqueline du Pré?" ela sempre perguntava, referindo-se a seu ídolo, uma talentosa violoncelista tempestuosa que foi atingida por esclerose múltipla aos vinte e oito anos e morreu cerca de quinze anos depois.

A matéria da *All About Us* chamava o talento de Mia de "sobrenatural", então descrevia em detalhes o acidente de carro que matou seus pais e seu irmãozinho havia mais de três anos. Isso me surpreendeu. Mia não era de falar sobre isso, de querer conquistar solidariedade. Mas, quando consegui ler a matéria, percebi que foi escrito com citações tiradas de velhas notícias de jornal; nada diretamente de Mia.

Fiquei com o recorte por alguns dias, pegando-o ocasionalmente para dar uma olhada. Tê-lo na carteira parecia um pouco como carregar um frasco de plutônio. E, com certeza, se Bryn me pegasse com um artigo sobre Mia, haveria uma explosão nuclear. Então, após alguns dias, eu o joguei fora e me forcei a esquecê-lo.

Agora, tento resgatar os detalhes, lembrar se dizia algo sobre Mia deixar Juilliard ou dar recitais no Carnegie Hall.

Levanto o olhar novamente. Seus olhos ainda estão lá, ainda olhando para mim. E eu tenho certeza absoluta de que ela vai tocar esta noite. Sei mesmo antes de consultar a data do cartaz e ver que a apresentação é em treze de agosto.

E, antes de saber o que estou fazendo, antes de poder me convencer a ir embora, racionalizar que essa é uma ideia *terrível*, caminho em direção à bilheteria. *Não quero vê-la*, digo a mim mesmo. *Não vou vê-la. Só quero escutá-la.* A bilheteria diz que os ingressos estão esgotados. Eu podia dizer quem eu sou ou ligar para o gerente do hotel ou mesmo para Aldous e provavelmente arrumaria um ingresso, mas, em vez disso, deixo ao destino. Eu me apresento como um anônimo jovem malvestido e pergunto se sobrou algum lugar.

— Na verdade, estamos agora liberando os ingressos de última hora. Tenho um lugar no mezanino do fundo, na lateral. Não é a visão ideal, mas é o que sobrou — a menina atrás do vidro me diz.

— Não vim pela "visão" — respondo.

— Também sempre penso assim — a menina diz, sorrindo. — Mas as pessoas são exigentes com esse tipo de coisa. São vinte e cinco dólares.

Eu pago e entro no teatro frio e pouco iluminado. Deslizo para meu assento e fecho os olhos, lembrando-me da última vez que fui a um concerto para violoncelo em algum lugar tão chique. Cinco anos atrás, no nosso primeiro encontro. Assim como aconteceu naquela noite, sinto uma grande excitação, mesmo sabendo que, diferentemente daquele dia, hoje eu não vou beijá-la. Ou tocá-la. Ou mesmo vê-la de perto.

Esta noite eu vou ouvir. E isso será o suficiente.

TRÊS

Mia acordou três dias depois, mas não contamos a ela até o sexto dia. Não importava, porque ela parecia já saber. Nós nos sentamos à mesa do hospital na UTI, seu avô, calado, tirara o palito menor, creio, porque foi ele o escolhido para dar a notícia de que os pais dela, Kat e Denny, haviam morrido instantaneamente no acidente que a havia levado para lá. E seu irmãozinho, Teddy, tinha morrido na sala de emergência do hospital local para onde ele e Mia foram levados antes de ela ser transferida para Portland. Ninguém sabia da causa da batida. Mia tinha alguma lembrança disso?

Mia apenas ficou deitada, piscando e segurando minha mão, enterrando as unhas com tanta força que parecia que nunca ia me soltar. Balançou a cabeça e disse baixinho "não, não, não" seguidamente, mas sem lágrimas, e eu não estava certo se ela estava respondendo à pergunta de seu avô ou simplesmente negando toda a situação. *Não!*

Nesse momento a assistente social entrou, assumindo a situação. Ela contou a Mia sobre as operações pelas quais havia passado até então, "procedimentos de urgência, de fato, apenas para deixá-la estável, e você está indo notavelmente bem", então falou sobre as cirurgias que ela iria encarar nos próximos meses: primeiro uma cirurgia para refixar o osso em sua perna esquerda com parafusos de metal. Então outra cirurgia, uma semana mais ou menos depois, para extrair pele da coxa de sua perna sem ferimentos para enxertar na perna machucada. Esses dois procedimentos, infelizmente, iriam deixar "cicatrizes feias". Mas os ferimentos em seu rosto pelo menos podiam desaparecer completamente com uma cirurgia plástica após um ano. — Quando você tiver passado pelas cirurgias principais, desde que não haja nenhuma complicação, nenhuma infecção da retirada do baço, nenhuma pneumonia, nenhum problema com os pulmões, vamos tirá-la do hospital e mandar para a reabilitação — a assistente social disse. — Física e ocupacional, e o que mais você precisar. Vamos avaliar onde você estará em poucos dias. — Eu estava tonto com tanta informação, mas Mia parecia se prender em cada palavra, prestar mais atenção nos detalhes de suas cirurgias do que nas notícias sobre sua família.

No final daquela tarde, a assistente social nos chamou de lado. Nós — os avós de Mia e eu — estávamos preocupados com a reação de Mia, ou a falta dela. Esperávamos gritos, puxões de cabelo, algo explosivo para combinar com o horror das notícias, para combinar com a nossa *própria* dor. O silêncio dela nos fez pensar na mesma coisa: danos cerebrais.

— Não, não é isso — a assistente social rapidamente nos assegurou. — O cérebro é um instrumento frágil, e podemos não saber por algumas semanas que regiões específicas foram afetadas, mas os jovens são muito resistentes e neste momento os neurologistas estão muito otimistas. O controle motor dela em geral está bom. As faculdades linguísticas não parecem ter sido afetadas. Ela tem o lado direito comprometido e seu equilíbrio está ruim. Se essa é a extensão do dano cerebral dela, então ela tem sorte.

Nós nos retorcemos com a palavra. *Sorte.* Mas a assistente social olhou para nosso rosto. — *Muita* sorte, porque tudo isso é reversível. Quanto à sua reação ali — ela disse, apontando para a UTI —, é uma resposta típica para um trauma psicológico tão extremo. O cérebro só pode aguentar até um ponto, então ele filtra um pouco de cada vez, digere lentamente. Ela vai absorver tudo, mas vai precisar de ajuda.

Daí ela nos explicou sobre os estágios da dor, sobre os distúrbios pós-traumáticos, e recomendou uma conselheira de luto para ir ver Mia no hospital. — Pode não ser má ideia para o resto de vocês também — ela disse.

Nós a ignoramos. Os avós de Mia não eram do tipo que faz terapia. Quanto a mim, eu tinha de me preocupar com a reabilitação de Mia, não com a minha.

A próxima sequência de cirurgias começou quase imediatamente, o que eu achei cruel. Mia havia acabado de voltar de uma, apenas para ouvir que sua família estava morta, e agora tinha de começar tudo novamente. Não podiam dar um respiro para a menina? Mas a assistente social explicou que, quanto antes a perna de Mia fosse operada, mais cedo ela teria mobilidade, e mais cedo começaria realmente a se curar. Então o fêmur foi preso com um parafuso; enxertos de pele foram colocados. E com uma rapidez que me deixou sem fôlego ela teve alta do hospital e foi enviada para um centro de reabilitação, que parecia um condomínio fechado, com áreas secas, que estavam apenas começando a florescer com flores da primavera quando Mia chegou.

Ela estava lá fazia menos de uma semana, uma semana terrivelmente ruim, quando o envelope chegou.

Juilliard. Isso significava tantas coisas para mim antes. Uma situação passageira. Um motivo de orgulho. Um rival. Então eu apenas me esqueci de tudo. Acho que todos nos esquecemos. Mas a vida continuava fora do centro de reabilitação de Mia, e, em algum lugar, aquela outra Mia — aquela que tinha pais, um irmão e um corpo totalmente funcional — ainda continuava a existir. Nesse outro mundo, alguns juízes haviam ouvido Mia tocar meses antes e tinham examinado a inscrição dela, muitas avaliações foram feitas até chegarem a um julgamento final, e o julgamento estava diante de nós agora. A avó de Mia estava nervosa demais para abrir o envelope, então ela esperou por mim e pelo avô de Mia antes de abri-lo.

Mia foi aceita. Alguém tinha dúvida?

Nós todos pensamos que a aprovação seria boa para ela, uma luz em um momento tão trágico.

— Já falamos com o reitor e expliquei sua situação, e disseram que você pode começar daqui a um ano ou dois, se precisar — a avó de Mia disse enquanto contava a novidade a ela e falava da generosa bolsa de estudos que acompanhava a aprovação. Juilliard tinha mesmo sugerido o adiamento, querendo se certificar de que Mia seria capaz de acompanhar os padrões rigorosos da escola, se escolhesse participar.

— Não — Mia disse no salão comunitário deprimente do centro, naquela voz morta com que havia falado desde o acidente. Nenhum de nós estava muito certo se era o trauma ou se esse era o estado emocional de Mia agora, a forma de falar de seu cérebro reorganizado. Apesar das afirmações contínuas da assistente social, apesar das avaliações da terapeuta de que ela estava fazendo progressos sólidos, nós ainda nos preocupávamos. Discutíamos essas coisas a sós, depois que a deixávamos sozinha nas noites que eu não conseguia convencê-la de que eu ficaria.

— Bem, não seja precipitada — a avó dela respondeu. — O mundo pode parecer diferente daqui a um ano ou dois. Você pode ainda querer ir.

A avó de Mia pensou que ela estivesse recusando a Juilliard. Mas eu *conhecia* Mia melhor. Ela estava recusando o adiamento.

A avó discutiu com Mia. Setembro era dali a cinco meses. Cedo demais. E ela tinha razão. Ainda havia uma bota de gesso na perna de

Mia, e ela estava apenas começando a andar novamente. Não conseguia abrir um pote, porque sua mão direita estava fraca demais, e frequentemente esquecia o nome de coisas simples. Tudo isso os terapeutas disseram que era esperado e provavelmente passaria — com o tempo. Mas cinco meses? Isso não era suficiente.

Mia pediu seu violoncelo naquela tarde. Sua avó havia franzido a testa, preocupada que essa tolice fosse prejudicar a recuperação de Mia. Mas eu saltei da cadeira, corri para o carro e voltei com o violoncelo quando o sol se punha.

Depois disso, o violoncelo se tornou a sua terapia: física, emocional e mental. Os médicos ficaram impressionados com a força dos membros superiores de Mia — o que sua velha professora de música, a senhora Christie, chamava de "corpo de violoncelo", ombros largos, braços musculosos — e como a música dela trouxe essa força de volta, o que fez a fraqueza no braço direito desaparecer e fortalecer sua perna ferida. Ajudava com a tontura. Mia fechava os olhos enquanto tocava, e alegou que isso, juntamente com o fato de colocar seus dois pés no chão, ajudava no equilíbrio. Por meio da música, revelava os lapsos que tentava esconder nas conversas do dia a dia. Se ela queria uma Coca-Cola, mas não conseguia se lembrar da palavra para isso, disfarçava e apenas pedia um suco de laranja. Mas com o violoncelo era diferente, ela se lembrava de uma suíte de Bach em que estivera trabalhando poucos meses antes, mas não de um simples estudo, uma simples lição que aprendera quando criança; quando a professora Christie, que vinha uma vez por semana ajudá-la, mostrou a ela, Mia captou na hora. Isso dava aos terapeutas e neurologistas pistas de como o cérebro dela havia sido impactado, e eles ajustaram o tratamento de acordo.

Principalmente, o violoncelo melhorou o ânimo dela. Deu a Mia algo para fazer todos os dias. Ela parou de falar de forma monótona e começou a conversar novamente como antes, pelo menos quando estava falando sobre música. Os terapeutas alteraram o seu plano de reabilitação, permitindo que ela passasse mais tempo praticando. — Não entendemos realmente como a música cura o cérebro — um dos neurologistas me disse uma tarde enquanto a ouvia tocar para um grupo de pacientes no salão comum —, mas sabemos que cura. Olhe só para Mia.

Ela deixou o centro de reabilitação após quatro semanas, duas antes do previsto. Mia podia andar com a ajuda de uma bengala, abrir um pote de manteiga de amendoim e mandar brasa em Beethoven.

A matéria, o "troço" de "Vinte com menos de 20" da *All About Us* que Liz me mostrou, eu me lembro de uma coisa assim. Eu me lembro da conexão não apenas implícita, mas abertamente declarada, entre a tragédia de Mia e sua habilidade "sobrenatural". E me lembro de como isso me irritou. Porque havia algo ofensivo nisso. Como se a única forma de explicar o talento dela fosse creditá-lo a alguma força sobrenatural. Como se eles pensassem que a família morta estivesse habitando seu corpo e tocando um coro celestial através dos seus dedos.

Mas uma coisa é certa: *havia* acontecido algo sobrenatural. E eu sei disso porque estava lá. Eu testemunhei: vi como Mia foi de uma musicista talentosa para algo totalmente diferente. No espaço de cinco meses, algo mágico e surpreendente a transformou. Então, sim, era tudo relacionado à "tragédia", mas foi Mia a responsável pela recuperação. Sempre foi.

Ela partiu para Juilliard no dia seguinte ao Dia do Trabalho. Eu a levei até o aeroporto. Ela me beijou ao se despedir e me disse que me amava mais do que a vida em si. Então partiu.

Mia nunca mais voltou.

QUATRO

O arco é tão velho, sua crina cola
Mande para o conserto, como a nossa história.
Como puderam adiar sua execução?
A plateia se levanta numa ovação[2]
"Dust"
Collateral damage, faixa 9

Quando as luzes se acendem depois do concerto, eu me sinto vazio, triste, como se meu sangue tivesse sido extraído de mim e substituído por algo pesado. Depois que o aplauso acaba, as pessoas ao meu redor ficam de pé, conversam sobre o concerto, sobre a beleza de Bach, a tristeza de Elgar, o risco — que se correu — de colocar uma peça contemporânea de John Cage. Mas é Dvorák que está engolindo todo o oxigênio da sala, e posso entender o porquê.

Quando Mia tocava, sua concentração era sempre marcada sobre seu corpo: um vinco em sua testa. Seus lábios se fechavam tão firme que às vezes perdiam toda a cor, como se todo o seu sangue fosse para as mãos.

Havia um pouquinho disso acontecendo com as primeiras peças desta noite. Mas, quando ela chegou a Dvorák, a parte final de seu recital, algo se apoderou dela. Não sei se atingiu o seu máximo ou se

---

[2] *The bow is so old, its horsehair is glue*
Sent to the factory, just like me and like you
So how come they stayed your execution?
The audience roars its standing ovation

essa era uma marca registrada, mas, em vez de se debruçar sobre o violoncelo, seu corpo pareceu expandir, desabrochar, e a música tomou conta da sala como um vinho que fluía. Suas passadas eram amplas, felizes e vigorosas, e o som que preenchia o auditório parecia canalizar isso com pura emoção, como se a própria intenção do compositor estivesse percorrendo o lugar. E o seu olhar, com os olhos voltados para cima, um pequeno sorriso brincando em seus lábios, não sei como descrever isso sem soar como um desses artigos clichê de revista, mas ela parecia tão unida à música. Ou talvez apenas feliz. Acho que eu sempre soube que ela era capaz de atingir esse nível artístico, mas testemunhá-lo foi como entrar em êxtase. Não só eu; era como se todos sentissem o mesmo, a julgar pelo aplauso tempestuoso que ela recebeu.

As luzes estão acesas agora, claras e refletindo nas cadeiras de madeira dourada e nos painéis geométricos das paredes, fazendo o piso começar a rodar. Eu afundo de volta na poltrona mais próxima e tento não pensar em Dvorák — ou nas outras coisas: a forma como ela esfregou a mão no vestido durante as peças, o modo como virou a cabeça em ritmo com uma orquestra invisível, todos os gestos tão familiares para mim.

Agarrando uma poltrona na minha frente para me equilibrar, eu fico de pé novamente. Certifico-me de que minhas pernas estão firmes e de que o chão não está girando, então uma perna segue a outra em direção à saída. Estou arrasado, exausto. Tudo o que quero fazer agora é voltar para o hotel, virar alguns Ambien, Lunesta ou Xanax ou o que quer que haja no armarinho de remédios e terminar o dia. Quero dormir e acordar, e que tudo isso tenha terminado.

— Com licença, sr. Wilde.

Normalmente eu tenho certa cisma com lugares fechados, mas, se há um lugar na cidade onde eu esperaria a segurança do anonimato, é no Carnegie Hall, num concerto de música clássica. Durante todo o concerto e o intervalo, ninguém olhou para mim, exceto uma dupla de senhoras tagarelas que acho que ficaram escandalizadas com meu jeans. Mas esse cara tem por volta da minha idade; é um lanterninha, a única pessoa num raio de quinze metros que tem menos de trinta e cinco anos, a única pessoa aqui que pode ter um disco da Shooting Star.

Estou buscando no meu bolso uma caneta que não tenho. O rapaz parece envergonhado, balançando a cabeça e as mãos simultaneamente. — Não, não, sr. Wilde. Não estou pedindo autógrafo. — Ele abaixa a voz. — Na verdade é contra as regras; eu poderia ser demitido.

— Ah — eu digo, surpreso, confuso. Por um segundo me pergunto se vou ser diminuído por me vestir inadequadamente. Então o rapaz diz: — A sra. Hall gostaria que o senhor fosse aos bastidores.

O ambiente está barulhento com o burburinho pós-concerto, então por um segundo eu creio ter ouvido errado. Acho que ele disse que *ela* quer me ver nos bastidores. Mas não pode ser. Ele deve estar falando algo sobre o *hall*, não sobre *Mia* Hall.

Mas, antes mesmo que eu possa pedir para ele esclarecer, o rapaz me conduz em direção à escadaria, até o saguão principal, por uma pequena porta ao lado do palco e por um labirinto de corredores, as paredes tomadas por partituras emolduradas. E eu me permito ser conduzido; é como aconteceu quando eu tinha dez anos de idade e fui levado à sala do diretor por jogar uma bexiga cheia de água na classe, e só pude seguir a sra. Linden pelos corredores e me perguntar o que esperava por mim. Tenho a mesma sensação: que estou encrencado por alguma coisa, que Aldous não me deu de fato a noite de folga e que estou prestes a ouvir horrores por ter perdido uma sessão de fotos ou irritado um repórter ou ser o lobo solitário antissocial que arrisca acabar com a banda.

Então não processo o que está acontecendo, não me deixo ouvir ou acreditar ou pensar nisso até que o rapaz me conduz até uma pequena sala e abre uma porta e a fecha, e de repente ela está lá. Realmente lá. Uma pessoa de carne e osso, não um fantasma.

Meu primeiro impulso não é agarrá-la, beijá-la ou gritar com ela. Só quero tocar seu rosto, ainda corado pela performance de hoje. Quero diminuir o espaço que nos separa, medido em passos — não em quilômetros, não em continentes, não em anos —, e colocar meus dedos calejados no seu rosto. Quero tocá-la e me certificar de que é realmente ela, não um desses sonhos que tive com tanta frequência desde que ela partiu, quando eu a via tão claro como o dia, estava pronto para beijá-la ou levá-la comigo, e depois acordava com Mia fora de alcance.

Mas não posso tocá-la. Esse é um privilégio que não existe mais. Mesmo contra a minha vontade. Falando em vontade, tenho de segurar mentalmente meu braço no lugar, para evitar que trema e se transforme numa britadeira.

O chão está girando, o redemoinho está se formando, e eu estou me coçando por uma daquelas pílulas, mas não tenho como pegar uma agora. Respiro para me acalmar, para evitar um ataque de pânico. Tento ficar calmo, num esforço inútil de fazer com que minha boca diga algumas palavras. Sinto como se estivesse sozinho num palco, sem banda, sem equipamento, tentando lembrar alguma de nossas músicas, sendo assistido por um milhão de pessoas. Sinto como se uma hora tivesse passado enquanto fico lá na frente de Mia Hall, tão sem palavras como um recém-nascido.

Na primeira vez em que nos encontramos na escola, eu falei primeiro. Perguntei a Mia qual peça para violoncelo ela havia acabado de tocar. Uma pergunta simples que deu início a tudo aquilo.

Desta vez é Mia quem faz a pergunta: — É você mesmo? — E a voz dela é exatamente como era. Não sei o que eu esperava que fosse diferente, exceto que tudo está diferente agora.

Sua voz me traz de volta à realidade. De volta à realidade do passado de três anos. Há tantas coisas que precisam ser ditas. *Para onde você foi? Pensou alguma vez em mim? Você me arruinou. Você está bem?* Mas, claro, não posso dizer nada disso.

Começo a sentir o coração acelerar e um zumbido nos ouvidos, estou prestes a surtar. Mas estranhamente, bem quando o pânico começa a se instalar, surge um instinto de sobrevivência. O mesmo que permite que eu suba no palco na frente de milhares de estranhos. A calma se apodera de mim enquanto me afasto, me dirigindo para os fundos e deixando a outra pessoa tomar conta. — Em carne e osso — eu respondo de forma simpática. Como se fosse a coisa mais normal para mim estar num concerto dela e ela ter me conduzido ao seu refúgio. — Bom o concerto — eu acrescento, porque parece a coisa certa a dizer. Por acaso também é verdade.

— Obrigada — ela diz. Então faz uma careta. — Só não consigo acreditar que você esteja *aqui*.

Penso nos três anos de restrições que ela basicamente impôs a mim, e que eu violei esta noite. *Mas você me chamou*, quero dizer. — Sim. Acho que eles deixam qualquer panaca entrar no Carnegie Hall — eu brinco, nervoso, apesar de o sarcasmo sair de forma amarga.

Ela esfrega a mão no tecido de sua saia. Já trocou o vestido preto formal por uma longa saia esvoaçante e uma camisa sem mangas. Ela balança a cabeça, vira seu rosto em direção ao meu, toda conspiratória. — De fato, não. Não permitem punks. Não viu o aviso na frente? Estou surpresa que você não tenha sido preso só por aparecer no saguão.

Sei que ela está tentando corresponder à minha piada ruim com uma das suas, e uma parte de mim fica feliz por isso, e grata por ver um vislumbre do velho senso de humor dela. Mas outra parte, a parte magoada, quer lembrá-la de todos os concertos de música de câmara, quartetos de cordas e recitais a que já fui. Por causa dela. Com ela.

— Como sabia que eu estava aqui? — pergunto.

— Está brincando. Adam Wilde em Zankel Hall. No intervalo, toda a equipe dos bastidores estava falando disso. Aparentemente, muitos fãs da Shooting Star trabalham no Carnegie Hall.

— Achei que estivesse incógnito — digo, olhando para os pés dela. A única forma de sobreviver a essa conversa era falar com as sandálias de Mia. As unhas dos seus pés estão pintadas de rosa clarinho.

— Você? Impossível — ela responde. — Então, como está?

Como estou? Está falando sério? Forço meus olhos para cima e olho para Mia pela primeira vez. Ela ainda está bonita. Não de uma forma óbvia como Vanessa LeGrande ou Bryn Shraeder. De uma forma discreta, que sempre foi devastadora para mim. Seu cabelo, longo e escuro, agora está solto, nadando úmido contra seus ombros nus, que ainda são de um branco leitoso e cobertos por uma constelação de sardas que eu costumava beijar. A cicatriz no seu ombro esquerdo, aquela que costumava ser de um vermelho-vivo, agora tem uma cor rosada. Quase como a última moda de uma tatuagem. Quase bonita.

Os olhos de Mia alcançam os meus, e por um segundo eu temo que minha fachada despenque. Afasto o olhar.

— Ah, sabe? Bem... Ocupado — respondo.

— Certo. Claro. Ocupado. Está em turnê?

— É. Vou para Londres amanhã.

— Ah. E eu para o Japão.

Direções opostas, acho que fico surpreso quando Mia de fato diz em voz alta. "Direções opostas." As palavras apenas pairam por lá, ameaçadoras. De repente sinto o redemoinho começando a revirar novamente. Vai engolir nós dois se eu não cair fora. — Bem, acho que preciso ir. — Escuto uma pessoa calma, ao longe, imitando o Adam Wilde dizer o que fazer.

Acho que vejo algo escurecer na expressão dela, mas não posso dizer ao certo, porque cada parte do meu corpo está ondulando, contorcendo-se, e juro que estou quase virando do avesso aqui. Mas, conforme eu me perco, o outro Adam ainda está alerta. Ele estende a mão para Mia, mesmo que a ideia de dar em Mia Hall um aperto de mão cordial seja uma das coisas mais tristes que já imaginei.

Mia olha para minha mão estendida, abre a boca para dizer algo, então apenas suspira. Seu rosto endurece enquanto ela estica sua própria mão para pegar a minha.

O tremor em minha mão se tornou tão normal, tão frequente, que geralmente é imperceptível para mim. Mas, logo que meus dedos se fecham ao redor dos de Mia, eu noto que eles de repente ficam imóveis, como se estivessem congelados. E eu posso permanecer aqui para sempre.

Mas é apenas um aperto de mão, e nada mais. Em poucos segundos minha mão está ao meu lado novamente, e é como se eu tivesse transferido um pouco da minha ansiedade a Mia, porque parece que a sua mão está tremendo. Mas não tenho certeza, porque estou me afastando muito rápido.

E o próximo passo é ouvir a porta do camarim dela se fechando atrás de mim, me deixando aqui na correnteza e Mia de volta na praia.

CINCO

Sei que é bem cafona — até idiota — comparar o fato de eu ter sido largado com o acidente que matou a família da Mia, mas não posso evitar. Porque para mim, de qualquer forma, o desdobramento pareceu exatamente o mesmo. Nas primeiras semanas, eu acordava numa neblina de descrença. *Isso não aconteceu realmente, aconteceu? Ai, porra, aconteceu.* Então eu me dobrava ao meio. Soco no estômago. Levou algumas semanas para eu entender. Mas, diferentemente do acidente — quando eu tinha de estar lá, estar presente, ajudar, ser a pessoa a dar apoio —, depois que ela se foi, eu fiquei sozinho. Não havia ninguém para ocupar o lugar dela. Então apenas deixei tudo despencar, e foi aí que tudo parou.

Voltei para casa, para a casa dos meus pais. Só peguei um punhado de coisas do meu quarto no Porão do Rock e fui embora. Deixei tudo. A escola. A banda. Minha vida. Uma partida repentina e sem palavras. Eu me enrolei na minha cama de menino. Estava preocupado que as pessoas fossem arrombar a porta e me forçar a me explicar. Mas isso tem a ver com a morte. O relato de viagens rápidas e amplas, e as pessoas deviam saber que eu havia me tornado um defunto porque ninguém nem veio olhar meu corpo. Bem, exceto a incansável Liz, que passava uma vez por semana para deixar um CD com uma seleção das músicas que ela estava amando, que ela alegremente empilhava sobre o CD intocado que havia deixado uma semana antes.

Meus pais ficaram surpresos com minha volta. Mas até aí isso era bem típico em relação a mim. Meu pai havia sido lenhador, então, quando esse segmento faliu, ele arrumou emprego em uma fábrica de eletrônicos. Minha mãe trabalhava no departamento de alimentação da universidade. Era o segundo casamento dos dois; suas primeiras experiências foram desastrosas e sem filhos e nunca discutidas; só fiquei sabendo disso por meus tios aos dez anos de idade. Eu nasci quando já eram mais velhos, e aparentemente foi uma surpresa. E minha mãe gostava de dizer que tudo o que eu havia feito — da minha simples existência a me tornar um músico, a me apaixonar por uma menina como Mia, ir à faculdade, ter uma banda tão popular, largar a faculdade, sair da banda — foi uma surpresa também. Eles aceitaram a volta para casa sem perguntas. Minha mãe levava pequenas bandejas de comida e café para meu quarto, como se eu fosse um prisioneiro.

Por três meses eu fiquei na minha cama de moleque, desejando um coma, como havia acontecido com Mia. Tinha de ser mais fácil do que isso. Minha noção de vergonha finalmente surgiu. Eu tinha dezenove anos, havia desistido da faculdade, morava com meus pais, sem emprego, ficava jogado pelos cantos, um clichê. Meus pais foram tão bacanas com toda a situação, mas tudo aquilo começava a me deixar enjoado. Finalmente, pouco depois do fim do ano, perguntei ao meu pai se havia algum emprego na fábrica.

— Tem certeza de que é isso que você quer? — ele perguntou. Não era o que eu queria. Mas eu não podia ter o que eu queria. Apenas dei de ombros. Eu ouvi ele e minha mãe discutindo sobre isso, ela tentando fazê-lo me convencer a sair dessa. "Não quer mais para ele do que isso?" Escutei os cochichos entre eles no andar de baixo. "Não quer que ele ao menos volte para a escola?"

— Não é questão do que eu quero — ele respondeu.

Então ele perguntou no departamento de recursos humanos, conseguiu uma entrevista para mim e uma semana depois eu comecei a trabalhar no registro de dados. Das seis e meia da manhã às três e meia da tarde eu me sentava numa sala sem janelas, digitando números que não tinham sentido para mim.

No meu primeiro dia de trabalho, minha mãe se levantou cedo para me preparar um café da manhã reforçado, que não pude comer, e um bule de café, que não estava nem perto de forte o suficiente. Ela ficou parada em seu roupão rosa puído com uma expressão preocupada no rosto. Quando me levantei para sair, ela balançou a cabeça para mim.

— Que foi? — perguntei.

— Você está trabalhando na fábrica — ela disse, me encarando seriamente. — *Isso* não me surpreende. *Isso* é o que eu esperava de um filho meu. — Não pude perceber se o amargo na voz dela era dirigido a ela ou a mim.

O trabalho era um saco, mas e daí?! Não precisava pensar. Eu voltava para casa e dormia a tarde toda, daí acordava, lia e cochilava das dez da noite às cinco da manhã, quando era hora de me levantar para trabalhar. O turno estava fora de sintonia com o mundo dos vivos, o que era bom para mim.

Algumas semanas antes, próximo do Natal, eu ainda mantinha uma ponta de esperança. O Natal era quando Mia havia inicialmente planejado voltar para casa. A passagem que ela comprou para Nova York era de ida e volta, e a data da volta era dezenove de dezembro. Apesar de eu saber que era tolice da minha parte, de alguma forma eu achava que ela viria me procurar, dar alguma explicação — ou, melhor ainda, um grande pedido de desculpas. Ou descobriríamos que tudo havia sido um enorme mal-entendido. Que ela havia me mandado e-mails diariamente, mas não haviam chegado, e iria aparecer na minha porta, pálida por eu não ter respondido às suas mensagens, da mesma forma que ela costumava ficar puta comigo por coisas bobas, tipo o modo como eu tratava as amigas dela, por exemplo.

Mas dezembro veio e se foi, uma grande monotonia de músicas de Natal abafadas vindo do andar de baixo. Eu fiquei na cama.

Só em fevereiro é que eu recebi uma visita lá da faculdade do leste.

— Adam, Adam, tem uma visita — minha mãe disse, batendo gentilmente na porta. Era quase hora do jantar, e eu estava apagado, era meio da noite para mim. No meu torpor, pensei que fosse Mia. Saltei da cama, mas vi pela expressão dolorida da minha mãe que ela sabia que estava dando notícias decepcionantes. — É a Kim! — ela disse, com uma jovialidade forçada.

Kim? Eu não tinha notícias da melhor amiga de Mia desde agosto, desde que ela havia saído para o colégio em Boston. E de repente me ocorreu que o silêncio dela era uma traição tanto quanto a de Mia. Kim e eu nunca fomos grandes amigos quando Mia e eu estávamos juntos.

Pelo menos não antes do acidente. Mas depois nós fomos aliados de certa forma. Eu não havia percebido que Mia e Kim eram um pacote, uma vinha com a outra. Perca uma, perca a outra. Mas, até aí, de que outra forma seria?

Mas agora aqui estava Kim. Teria Mia a enviado como algum tipo de mensageira? Kim estava sorrindo sem graça, abraçando-se contra a noite úmida. — Ei — ela disse. — Você é difícil de encontrar.

— Estou onde sempre estive — eu falei, chutando as cobertas. Kim, vendo minha cueca, virou o rosto até eu vestir um jeans. Eu busquei um maço de cigarros, tinha começado a fumar algumas semanas antes. Todo mundo na fábrica parecia fazer isso. Era o único motivo para fazer um intervalo. Os olhos de Kim se arregalaram surpresos, como se eu tivesse pegado um fuzil. Guardei os cigarros de volta sem acender.

— Achei que você estaria no Porão do Rock, então fui até lá, vi Liz e Sarah. Elas me pagaram o jantar. Foi bacana vê-las. — Ela parou e avaliou meu quarto. Os cobertores amarrotados, azedos, a persiana fechada. — Eu te acordei?

— Estou com um horário esquisito.

— É. Sua mãe me disse. *Registro de dados?* — Ela não se importou em demonstrar a surpresa.

Eu não estava no clima para papo-furado ou conversa fiada. — Então, o que foi, Kim?

Ela deu de ombros. — Nada. Estou na cidade de férias. Fomos todos para Jersey ver meus avós para o Hanukkah, então acabei de voltar e queria passar para dizer oi.

Kim parecia nervosa. Mas também parecia preocupada. Era uma expressão que eu conhecia bem. Aquela que dizia que *eu* era o paciente agora. Na noite distante, ouvi uma sirene. Como reflexo, cocei a cabeça.

— Você ainda a vê? — perguntei.

— O quê? — a voz de Kim se exaltou.

Olhei para ela. E lentamente repeti a pergunta. — Ainda vê a Mia?

— S-sim... — Kim gaguejou. — Quero dizer, não muito. Estamos as duas ocupadas com a escola, e Nova York e Boston ficam a quatro horas de distância. Mas, sim. Claro.

Claro. Foi a certeza que provocou aquilo. Que fez algo assassino surgir em mim. Fiquei feliz que não houvesse nada de pesado ao meu alcance.

— Ela sabe que você está aqui?

— Não. Eu vim como sua amiga.

— Como *minha* amiga?

Kim empalideceu com meu sarcasmo, mas aquela menina sempre foi mais durona do que parecia. Ela não recuou ou foi embora. — *Sim* — ela sussurrou.

— Me diga, então, *amiguinha.* A Mia, *sua* amiga, sua melhor amiga do mundo, ela te contou por que me deu um pé? Sem uma palavra? Por acaso ela mencionou isso para você? Ou o assunto não surgiu?

— Adam, por favor... — a voz de Kim era uma súplica.

— Não, por favor, Kim. Por favor, porque não tenho ideia.

Kim respirou fundo e endireitou a postura. Eu podia praticamente ver a decisão dela endurecendo sua espinha, vértebra por vértebra, as linhas da lealdade sendo puxadas. — Eu não vim aqui falar da Mia. Vim aqui para ver você, e não acho que deveria discutir sobre o que aconteceu entre vocês.

Ela adotou o tom de uma assistente social, uma terceira parte imparcial, e eu queria dar um soco nela por isso. Por tudo. Em vez disso, apenas explodi. — Então que porra está fazendo aqui? De que serve você, então? Quem é você para mim? Sem ela, quem é você? Não é nada! Não é ninguém!

Kim cambaleou de volta, mas, quando levantou o olhar, em vez de parecer brava, ela olhou para mim com ternura. Me fez querer bater nela ainda mais. — Adam... — ela começou.

— Vai embora daqui — eu gritei. — Não quero mais ver a sua cara!

Kim era daquelas pessoas para quem você não tinha de dizer duas vezes a mesma coisa. Ela partiu sem dizer uma palavra.

Naquela noite, não consegui dormir, nem ler. Andei de um lado para o outro no meu quarto por horas. Conforme eu andava, deixando marcas permanentes no carpete barato, senti algo febril crescendo dentro de mim. Parecia vivo e inevitável, como um grande mal-estar depois de uma terrível ressaca. Senti uma comichão pelo corpo, implorando por libertação, até que finalmente veio em forma de lágrimas com tal força que primeiro soquei a parede, então, quando não machucou o suficiente, a janela. Os cacos de vidro cortaram os nós dos meus dedos, causando uma mistura de dor satisfatória seguida pela explosão fria de uma noite de fevereiro. O choque pareceu acordar algo que dormia dentro de mim.

Porque, depois de um ano, aquela foi a noite em que peguei minha guitarra novamente.

E foi a partir daí que voltei a compor.

Em duas semanas, eu tinha escrito mais de dez canções novas. Em um mês, a Shooting Star estava de novo tocando essas músicas. Após dois meses, assinamos com uma grande gravadora. Quatro meses depois, estávamos gravando *Collateral damage,* feito com as quinze músicas que eu havia escrito no abismo do meu quarto de infância. Em um ano, *Collateral damage* estava na parada da *Billboard* e a Shooting Star era capa das revistas nacionais.

Percebi que eu devia a Kim ou desculpas ou um muito obrigado. Talvez ambos. Mas, quando me dei conta, parecia que as coisas já tinham ido longe demais para eu fazer algo a respeito. E a verdade é que eu ainda não sabia o que dizer a ela.

SEIS

Serei seu erro, você será o meu
Foi o que assinamos, você e eu
Vim pronto para limpar o seu estrago!
Máscara de gás para respirarmos
Agora estou só num quarto sem nada
Olhando a minha prisão imaculada[3]
"Messy"
Collateral damage, faixa 2

Quando chego à rua, minhas mãos estão tremendo e sinto que surtarei. Busco minhas pílulas, mas o frasco está vazio. *Merda!* Aldous deve ter me dado a última no táxi. Tenho mais no hotel? Preciso arrumar mais antes do voo de amanhã. Tento agarrar o telefone e lembro que o deixei no hotel, em alguma tentativa idiota de me desconectar.

As pessoas ao meu redor paravam seus olhares tempo demais em mim. Não consigo lidar com essa situação agora. Não posso lidar com nada. Não quero isso. Não quero *nada* disso.

Só quero cair fora. Fora da minha existência. Eu tenho desejado muito isso recentemente. Não ser assassinado, me matar. Ou qualquer tipo de idiotice dessas. E pensar que, se eu nunca tivesse nascido,

---

[3] *I'll be your mess, you be mine*
That was the deal that we had signed
I bought a hazmat suit to clean up your waste
Gas masks, gloves, to keep us safe
But now I'm alone in an empty room
Staring down immaculate doom

não precisaria encarar essas sessenta e sete noites. Eu não estaria aqui, agora, tendo que conversar com ela. *É sua culpa ter ido lá esta noite*, digo a mim mesmo. *Você deveria ter deixado para lá.*

Acendo um cigarro e torço para conseguir caminhar de volta ao hotel, onde vou ligar para Aldous e ajeitar tudo, e talvez até dormir algumas horas. Quero tentar esquecer este dia desastroso de uma vez por todas.

— Você deveria largar.

A voz dela me provoca. Mas de certa forma também me acalma. Eu levanto os olhos. Lá está Mia, o rosto corado, mas também sorrindo estranhamente. Está ofegante, como se tivesse corrido. Talvez ela também seja perseguida por fãs. Eu imagino aquele casal de velhinhos cambaleando atrás dela.

Nem tenho tempo de me sentir envergonhado, porque *Mia está aqui novamente*, parada na minha frente da mesma maneira quando ainda dividíamos o mesmo espaço e tempo, e encontrarmos um com o outro, apesar de sempre ser uma feliz coincidência, não era nada incomum, não havia nada de extraordinário. Por um segundo eu penso naquela frase de *Casablanca*, quando Bogart diz: "De todos os bares no mundo, ela entra no meu". Mas então eu me lembro de que eu é que entrei no *seu* bar.

Mia cruza os últimos passos entre nós lentamente, como um gato cauteloso que precisa ser trazido para dentro. Ela olha para os cigarros na minha mão. — Desde quando você fuma? — ela pergunta. E é como se os anos entre nós tivessem sumido, e Mia esqueceu que não tem mais direitos sobre mim.

Ainda que muito distante, houve um tempo em que eu era totalmente contra o fumo. — Eu sei. É um clichê, admito.

Ela olha para o cigarro. — Me dá um?

— Você? — Quando Mia tinha seis anos, ou algo assim, ela leu em algum livro sobre uma menina que fez seu pai parar de fumar, então decidiu fazer a mesma pressão com a sua mãe, uma fumante inveterada, para parar. Levou meses para Mia vencer Kat, mas conseguiu. Quando eu os conheci, Kat não fumava mais. O pai de Mia, Denny, baforava um cachimbo, mas isso era só pose. — *Você* fuma agora? — eu pergunto a ela.

— Não — Mia responde. — Mas acabei de ter uma experiência bem intensa e ouvi dizer que o cigarro acalma.

A intensidade de um show às vezes me deixa fechado e irritado. — Me sinto assim depois de um show, às vezes — eu digo, concordando.

Dou um cigarro a ela, sua mão ainda está tremendo, e então não consigo acendê-lo. Por um segundo me imagino segurando o seu pulso com firmeza. Mas não faço isso. Apenas busco o cigarro até que a chama apareça. Ela traga e solta a fumaça, tossindo um pouco. — Não estou falando sobre o concerto, Adam — ela diz antes de dar outra tragada. — Estou falando de *você*.

Pequenas pontadas surgem pelo meu corpo. *Calma*, digo a mim mesmo. *Você só a deixou nervosa aparecendo do nada*. Ainda assim, sinto-me lisonjeado — mesmo que tenha sido apenas para assustá-la.

Fumamos em silêncio por um tempo. Então escuto um som estranho. Mia balança a cabeça, aturdida, e olha para a barriga. — Lembra como eu costumava ficar antes dos concertos?

Naquele tempo, Mia ficava nervosa demais para comer antes do show, então geralmente estava faminta depois. Nós íamos a um restaurante de comida mexicana, nosso lugar favorito, ou a uma lanchonete na estrada para comer batatas fritas com molho de carne e torta — a refeição dos sonhos de Mia. — Quanto tempo faz desde sua última refeição? — pergunto.

Mia me espia novamente e apaga seu cigarro fumado pela metade. Balança a cabeça. — Zankel Hall? Eu não como há dias. Meu estômago estava roncando durante toda a apresentação. Eu tinha certeza de que até as pessoas no camarote podiam ouvir.

— Não. Só o violoncelo.

— Isso é um alívio. Acho.

Ficamos parados em silêncio por um segundo. O estômago dela ronca novamente. — Fritas e torta ainda são refeição ideal? — pergunto. Eu a vejo sentada a uma mesa lá na nossa cidade, no Oregon, balançando o garfo, enquanto critica sua própria apresentação.

— Torta, não. Não em Nova York. As lanchonetes que servem torta são uma decepção. A fruta é quase sempre de lata. E amora não existe aqui. Como é possível que uma fruta simplesmente deixe de existir de uma costa para a outra?

Como é possível que um namorado deixe de existir de um dia para o outro? — Não sei dizer.

— Mas as batatas fritas são boas. — Ela me dá um sorriso esperançoso.

— Gosto de batatas fritas — digo. *Gosto de batatas fritas?* Isso soou como se eu fosse uma criancinha num filme feito para a TV.

Os olhos dela encontram os meus. — Está com fome? — ela pergunta. Se estou.

Sigo pela Rua Cinquenta e Sete, então desço a Nona Avenida. Ela caminha rapidamente — sem nem um leve traço do problema que teve na perna — e, de propósito, como os nova-iorquinos fazem, indica pontos turísticos aqui e ali como um guia profissional. Ocorre-me que eu nem sei se ela ainda mora aqui ou se está só pela turnê.

Você podia só perguntar, digo a mim mesmo. É uma pergunta bem normal.

É, mas é tão normal que é estranho que eu tenha de perguntar.

Bem, você precisa dizer alguma coisa a ela.

Mas, quando estou começando a criar coragem, a *Nona* de Beethoven começa a tocar na bolsa dela. Mia para de mostrar Nova York, busca o celular, olha para a tela e faz uma careta.

— Más notícias? — eu pergunto.

Ela balança a cabeça e dá um olhar tão dolorido que deve ter sido treinado. — Não, mas preciso atender.

Ela abre o celular. — Oi. Sei. Por favor, calma. Eu sei. Olha, pode esperar um segundo? — Ela se vira para mim, sua voz é suave e profissional agora. — Sei que é uma falta de educação insuportável, mas pode me dar cinco minutos?

Entendi. Ela acabou de fazer uma grande apresentação. Tem gente ligando. Mesmo assim, das desculpas que ela usa, sinto-me como um fã que pede para esperar no fundo do ônibus até o rockstar estar pronto. E, como os fãs sempre fazem, eu aceito. O rockstar é Mia. O que mais eu posso fazer?

— Obrigada — ela diz.

Deixo Mia andar alguns passos à minha frente, para lhe dar um pouco de privacidade, mas ainda consigo ouvir trechos do final da conversa dela. *Sei que é importante para você. Para nós. Prometo que vou recompensar com todo mundo.* Ela não *me* menciona nenhuma vez. Na verdade, parece que ela, esqueceu de mim totalmente.

Ok, tirando o fato de que ela também está alheia ao alvoroço que minha presença está criando pela Nona Avenida, cheia de bares e pessoas fumando na frente deles. As pessoas olham duas vezes quando me reconhecem e tiram os celulares e câmeras digitais para fazer fotos.

Eu vagamente me pergunto se alguma das fotos vai chegar ao *Gabber* ou a algum outro tabloide. Seria um sonho para Vanessa LeGrande. E um pesadelo para Bryn. Ela já tem ciúme o suficiente de Mia, mesmo que nunca a tenha encontrado; só sabe sobre ela. Mesmo que ela saiba que não vejo Mia há anos. Bryn ainda reclama: "É duro competir com um fantasma". Como se Bryn Shraeder tivesse de competir com alguém.

— Adam? Adam Wilde? — É um paparazzo a meio quarteirão de distância. — Ei, Adam. Posso tirar uma foto? Só uma foto — ele chama.

Às vezes isso funciona. Dê a eles um minuto do seu rosto e eles vão embora. Mas com mais frequência é como matar uma abelha e atrair a ira de um enxame.

— Ei, Adam. Onde está a Bryn?

Coloco meus óculos escuros, acelero, apesar de ser tarde demais para isso. Paro de caminhar e saio na Nona Avenida, que está tomada de táxis. Mia continua andando pelo quarteirão, tagarelando longe em seu celular. A velha Mia odiava celulares, odiava gente que falava em público, que desprezava a companhia das pessoas para atender uma ligação. A velha Mia nunca teria proferido a frase *falta de educação insuportável.*

Eu me pergunto se simplesmente deveria deixá-la seguir. A ideia de entrar num táxi e voltar para o hotel sem avisar me dá certa satisfação perversa. Deixe que ela se questione para variar.

Mas os táxis estão todos ocupados, e, como se tivesse adivinhado meus pensamentos, Mia se vira para me procurar, vendo um fotógrafo se aproximando de mim, brandindo sua câmera como um facão. Ela olha de volta para a Nona Avenida e para o mar de carros. *Apenas vá, vá em frente,* eu digo silenciosamente para ela. *Tenha sua foto tirada comigo e sua vida vai se tornar lenha pra fogueira. Apenas continue andando.*

Mas Mia está vindo em minha direção, agarrando-me pelo pulso e, mesmo que ela seja trinta centímetros mais baixa e trinta quilos mais magra do que eu, de repente me sinto mais seguro com ela do que com qualquer guarda-costas. Ela caminha direto para a avenida lotada, parando o trânsito apenas esticando a outra mão. Caminho aberto para nós, como se estivéssemos cruzando o Mar Vermelho. Já do outro lado, conseguimos manter certa distância do paparazzo. — É quase impossível conseguir um táxi agora — Mia me diz. — Todos os shows da Broadway acabaram de terminar.

— Tenho cerca de dois minutos de vantagem sobre aquele cara. Mesmo se eu entrar num táxi, ele vai seguir a pé nesse trânsito.

— Não se preocupe. Ele pode seguir para onde quer que vamos.

Ela caminha pela multidão, pela avenida, empurrando a todos que estão na sua frente e me protegendo como uma jogadora da defesa. Ela se vira numa rua escura cheia de prédios residenciais. Na metade do quarteirão, o cenário de prédios de repente dá lugar a uma área baixa cheia de árvores que cercam um portão de ferro com um cadeado pesado para o qual Mia magicamente tira uma chave. Com um estalo, o cadeado se abre. — Para dentro — ela diz, apontando para uma cerca viva e um coreto atrás. — Abaixe-se no coreto. Vou trancar.

Faço o que ela diz e, um minuto depois, ela já está ao meu lado. Está escuro aqui, a única luz é o brilho suave de um poste próximo. Mia coloca um dedo nos lábios e faz sinal para eu me abaixar.

— Para onde diabos ele foi? — Escuto alguém falando na rua.

— Ele veio por aqui — diz uma mulher com um sotaque pesado de Nova York. — Juro pra você.

— Então onde ele está?

— Que tal o parque? — a mulher pergunta.

A batida do portão ecoa pelo jardim. — Está trancado — ele diz. Na escuridão, vejo Mia sorrir.

— Talvez ele tenha saltado por cima.

— Tem uns três metros de altura — o cara responde. — Não dá para pular sobre um troço desses.

— Acha que ele tem força sobre-humana? — a mulher diz. — Você podia entrar e dar uma verificada.

— E rasgar minha nova calça Armani? Tudo tem limite. E parece vazio aqui. Ele provavelmente pegou um táxi. É o que a gente devia fazer. Tenho fontes me mandando mensagem de que Justin Timberlake está no Breslin.

Escuto o som de passos se retirando e fico quieto por mais um tempo, só por segurança. Mia quebra o silêncio.

— Acha que ele tem força sobre-humana? — ela pergunta, numa imitação perfeita. Então começa a rir.

— Não vou rasgar minha nova calça Armani — respondo. — Tudo tem limite.

Mia ri ainda mais. A tensão no meu estômago diminui. Eu quase sorrio.

Depois que a risada acaba, ela fica em pé, limpa a terra das costas e se senta num banco no coreto. Eu faço o mesmo. — Isso deve acontecer com você o tempo todo.

Eu dou de ombros. — É pior em Nova York, Los Angeles e Londres. Mas está em todo lugar agora. Até os fãs vendem suas fotos aos tabloides.

— Está todo mundo no jogo, hein? — ela diz. Agora isso soa mais como a Mia que eu conhecia, não como uma violoncelista clássica com um vocabulário arrogante e um desses sotaques globalizados como o da Madonna.

— Todo mundo quer seu pedaço — eu digo. — Você se acostumou com isso?

— Você se acostuma com um monte de coisas — Mia reconhece.

Eu faço que sim no escuro. Meus olhos se ajustaram de forma que eu posso ver que o jardim é bem grande, uma área de grama cortada por caminhos de tijolos emoldurados por canteiros de flores. De tempos em tempos, uma pequena luz pisca no ar. — São vaga-lumes? — pergunto.

— Sim.

— No meio da cidade?

— Exato. Isso costumava me impressionar também. Mas, se há uma área verde, esses "mocinhos" encontram e iluminam. Eles só vêm algumas semanas por ano. Eu sempre me pergunto para onde eles vão o resto do tempo.

Reflito sobre isso. — Talvez eles ainda estejam lá, mas não tenham nada para iluminar.

— Pode ser. A versão inseto sazonal, apesar de que os danados deveriam tentar viver no Oregon, se querem mesmo saber o que é um inverno deprimente.

— Como conseguiu a chave deste lugar? — pergunto. — Precisa morar por aqui?

Mia balança a cabeça, então concorda. — Sim, é preciso morar na área para ter uma chave, mas eu não moro. A chave pertence a Ernesto Castorel. Ou pertencia. Ele era um maestro convidado da Filarmônica, morava perto e a chave do jardim vinha com a locação. Eu estava tendo problemas com colegas de quarto na época, o que é um tema repetitivo na minha vida, então acabei ficando muito na casa dele, e, depois que ele foi embora, eu ""acidentalmente" peguei a chave.

Não sei por que eu me sinto tão incomodado. *Você esteve com tantas meninas desde Mia que até perdeu a conta.* Eu racionalizo. *Não é que você ficou amargando no celibato. Acha que ela ficou?*

— Já o viu reger? — ela me pergunta. — Ele sempre me lembrou você.

Exceto por esta noite, não tenho ouvido muita música clássica desde que você se foi. — Não tenho ideia sobre quem você está falando.

— Castorel? Ah, ele é incrível. Ele veio das favelas da Venezuela, e, através de um desses programas que ajudam garotos de rua ensinando-os a tocar instrumentos musicais, ele terminou sendo um regente aos dezesseis anos. Foi o regente da Filarmônica de Praga aos vinte e quatro anos, e agora é o diretor artístico da Orquestra Sinfônica de Chicago; faz esse mesmo programa na Venezuela, que o ajudou a começar. Ele respira música. Assim como você.

Quem disse que eu respiro música? Quem disse que eu respiro? — Uau — eu digo, tentando afastar o ciúme a que não tenho direito.

Mia levanta o olhar, de repente envergonhada. — Desculpe, esqueci que às vezes o mundo todo não está atualizado sobre música clássica. Ele é bem famoso no nosso meio.

É, bem, minha namorada é realmente *famosa no resto do mundo todo*, acho. Mas ela sabe sobre Bryn e eu? É preciso ter a cabeça enterrada numa montanha para não ter ouvido sobre nós. Ou teria de estar intencionalmente evitando notícias minhas. Ou talvez teria de ser uma violoncelista clássica que não lê tabloides. — Ele parece *maneiro* — eu digo.

Até Mia não deixa de perceber o sarcasmo. — Não é famoso como você, quero dizer — e sua arrogância vai diminuindo sem graça.

Eu não respondo. Por alguns segundos não há som nenhum, exceto pelo fluxo do trânsito na rua. Então o estômago de Mia ronca novamente, lembrando-nos de que estamos presos neste jardim. Na verdade, estávamos indo para outro lugar.

SETE

De uma maneira estranha, Bryn e eu nos conhecemos por causa de Mia. Bem, foi mais ou menos assim, creio eu. Foi na realidade por causa da cantora e compositora Brooke Vega. A Shooting Star faria o show de abertura para a antiga banda de Brooke, Bikini, no dia do acidente de Mia. Quando não pude visitar Mia na UTI, Brooke veio ao hospital tentar distrair a atenção das pessoas. Ela não teve sucesso. E essa foi a última vez que vi a Brooke até o momento em que *Collateral damage* virou disco de platina duplo.

A Shooting Star estava em Los Angeles para o MTV Movie Awards. Uma de nossas músicas gravadas e não lançadas foi colocada na trilha do filme *Hello, killer* e indicada como melhor canção. Não ganhamos.

Não importava. O MTV Awards foi apenas a mais recente premiação entre outras, e foi uma colheita grande em termos de prêmios. Poucos meses antes nós ganhamos nosso Grammy de melhor artista revelação e música do ano por "Animate".

Foi esquisito. Você acha que um disco de platina, um par de Grammys, alguns VMAs vão fazer seu mundo melhor, mas, quanto mais acumulava prêmios, mais a cena me fazia arrepiar. Havia mulheres, drogas, puxação de saco, além do *hype* — o *hype* constante. Gente que eu não conhecia — e não fãs, mas gente do meio musical — correndo para mim como se fossem amigos antigos, dando dois beijinhos, me chamando de "querido", colocando cartões de visita na minha mão, cochichando sobre papéis de filme ou anúncios para cerveja japonesa, trabalhos de um dia que pagavam milhões.

Eu não conseguia aguentar; foi por isso que, quando terminamos nosso compromisso no Movie Awards, eu saí do Anfiteatro Gibson para a área de fumantes. Estava planejando minha saída quando vi Brooke Vega avançando em minha direção. Atrás dela vinha uma mulher bonita, vagamente familiar, com cabelo preto comprido e olhos verdes enormes.

— Adam Wilde em carne e osso — Brooke disse, envolvendo-me num abraço de urso. Brooke recentemente começara carreira solo e seu álbum de estreia, *Kiss this*, também andava recebendo prêmios, então nos trombávamos bastante em cerimônias. — Adam, esta é Bryn Shraeder, mas você provavelmente a conhece como a "quente" nomeada ao Prêmio de Melhor Beijo. Você viu o malho sensacional dela em *The way girls fall*?

Balancei a cabeça. — Desculpe.

— Perdi para o beijo de um vampiro e um lobisomem. Ação entre meninas não tem mais o impacto que costumava ter — Bryn disse, objetivamente.

— Você foi roubada! — Brooke retrucou. — Vocês dois. É uma baita vergonha. Mas vou deixá-los a sós para lamberem suas feridas ou se conhecerem melhor. Preciso voltar e me apresentar. Adam, vejo você por aí, espero. Você devia vir com mais frequência a Los Angeles. Está precisando de uma corzinha. — Ela saiu piscando para Bryn.

Ficamos lá em silêncio por um tempo. Ofereci um cigarro a Bryn. Ela balançou a cabeça, então olhou para mim com aqueles olhos dela, tão irritantemente verdes. — Isso foi uma armação, caso esteja se perguntando.

— É. Eu percebi.

Ela deu de ombros, nada envergonhada. — Eu contei a Brooke que achava você intrigante, então ela tomou a iniciativa. Ela e eu somos iguais nessa questão.

— Entendi.

— Isso te incomoda?

— Por que incomodaria?

— Incomoda muitos caras daqui. Os atores costumam ser muito inseguros. Ou gays.

— Não sou daqui.

Ela sorriu com isso. Então olhou para minha jaqueta.

— Está saindo de fininho ou algo assim?

— Acha que vão soltar os cachorros atrás de mim?

— Talvez, mas aqui é Los Angeles, então seriam uns chihuahuas minúsculos todos metidos em bolsas de grife; que mal eles podem fazer? Quer companhia?

— Sério? Não precisa ficar para lamentar ter perdido seu melhor beijo?

Ela me olhou firme nos olhos, como se aproveitasse a piada que eu fazia e estivesse nessa também, do que eu gostei. — Prefiro comemorar ou discutir meu beijo em particular.

O único plano que eu tinha era voltar ao hotel na limusine que estava esperando. Então fui com Bryn. Ela dispensou o motorista e pegou as chaves do seu enorme SUV e nos levou morro abaixo da Universal City para a costa.

Seguimos pela rodovia Pacific Coast para uma praia ao norte da cidade chamada Point Dume. Paramos no caminho para pegar uma garrafa de vinho e um sushi para viagem. Quando chegamos à praia, uma neblina desceu pela água escura.

— A penumbra de julho — Bryn disse, tremendo em seu vestidinho verde e preto curto sem alça — nunca deixa de me congelar.

— Você não usa suéter nem nada assim? — perguntei.

— Não combinava com o visual.

— Aqui. — Passei a ela minha jaqueta.

Ela levantou a sobrancelha, surpresa. — Um cavalheiro.

Nos sentamos na praia, dividindo o vinho direto da garrafa. Ela me contou sobre o filme que tinha recém-terminado e aquele que iria começar a gravar no mês seguinte. Estava tentando decidir entre um dos roteiros para produzir na empresa que estava começando.

— Então você é basicamente uma princesa? — perguntei.

Ela riu. — Cresci numa cidadezinha no fim do mundo, no Arizona, onde durante toda a minha vida minha mãe me disse que eu era linda, que eu deveria ser modelo, atriz. Ela nunca nem me deixou brincar lá fora no sol — no Arizona! — porque não queria que eu estragasse minha pele. Era como se tudo o que eu tivesse fosse um rostinho bonito. — Ela se virou para me encarar, e eu podia ver a inteligência nos olhos dela, que estava contida num rosto bem bonito, era preciso admitir. — Mas, tudo bem, que seja, meu rosto foi um passaporte para sair de lá. Mas agora Hollywood é igual. Todo mundo me considerou ingênua, mais um rostinho bonito. Mas eu sei das coisas. Então, se eu quiser provar que tenho cérebro, se quiser brincar no sol, assim por dizer, cabe a mim encontrar um projeto que me ajude. Acho que estou em melhor posição para isso se for produtora também. É tudo questão de controle. Acho que quero controlar tudo.

— É, mas algumas coisas não se podem controlar, não importa quanto você tente.

Bryn olhou para o horizonte negro, enfiou os dedos dos pés descalços na areia fria. — Sei — ela disse. E se virou para mim: — Sinto muito por sua namorada. Mia, certo?

Eu tossi. Não era um nome que eu esperava ouvir agora.

— Sinto muito. É que, quando perguntei a Brooke sobre você, ela me contou como vocês se conheceram. Não estava fofocando nem nada. Mas estava lá, no hospital, então ela soube.

Meu coração acelerou no peito. Apenas concordei.

— Meu pai partiu quando eu tinha sete anos. Foi a pior coisa que já aconteceu comigo — Bryn continuou. — Então, não posso imaginar perder alguém assim.

Eu assenti novamente e bebi o vinho. — Lamento — consegui dizer.

Ela balançou levemente a cabeça. — Mas pelo menos todos morreram juntos. Quero dizer, tem de ser um tipo de bênção. Sei que eu não gostaria de acordar se o resto da minha família tivesse morrido.

O vinho estava saindo pelo meu nariz. Levou alguns momentos para eu recuperar minha respiração e poder falar. Quando recuperei, contei a Bryn que Mia não estava morta. Ela havia sobrevivido ao acidente, tinha se recuperado totalmente.

Bryn pareceu aterrorizada, tanto que eu senti pena por ela em vez de por mim mesmo. — Nossa, Adam, estou acabada. Eu fiz uma suposição. Brooke disse que não tinha ouvido mais nada de Mia e, assim, cheguei a essa conclusão. A Shooting Star desapareceu por uns tempos, então, *Collateral damage*, quero dizer, as letras são tão cheias de dor e raiva e traição de ter sido deixado para trás.

— É — eu disse.

Então Bryn olhou para mim, o verde de seus olhos refletindo na luz da lua. E pude ver que ela entendia tudo, sem eu ter de dizer uma palavra. Não precisava explicar, e isso parecia meu maior alívio. — Ah, Adam. Isso é ainda pior, de certo modo, não é?

Quando Bryn disse isso, proferindo em voz alta tudo aquilo que eu às vezes sentia, me apaixonei um pouco por ela. E pensei que fosse o suficiente. Que essa compreensão implícita e aquela primeira empolgação iriam florescer até que meus sentimentos por Bryn me consumissem tanto quanto meu amor por Mia um dia.

Fui para a casa de Bryn naquela noite. E durante toda aquela primavera eu a visitei no set em Vancouver, então em Chicago, depois em Budapeste. Qualquer coisa para sair do Oregon, longe do desconforto que se formava entre mim e a banda. Quando ela voltou para Los Angeles, naquele verão, sugeriu que eu me mudasse para a casa dela em Hollywood Hills. — Tem uma casa de hóspedes nos fundos que eu nunca uso e podíamos transformá-la no seu estúdio.

A ideia de sair do Oregon, longe do resto da banda, por toda aquela história, um novo começo, uma casa cheia de janelas e luz, um futuro com Bryn, parecia tão certa naquela época.

Então foi assim que nos tornamos um casal de celebridades. Agora tenho minha foto tirada com Bryn enquanto fazemos coisas comuns como pegar um café no Starbucks ou caminhar por Runyon Canyon.

Eu deveria estar feliz. Deveria ser grato. Mas o problema é que nunca consigo me afastar da sensação de que minha fama não se baseia em mim, são elas. *Collateral damage* foi escrito com o sangue de Mia nas minhas mãos, e foi o disco que me lançou. E, quando eu me tornei realmente famoso, foi por estar com Bryn, então tinha mais a ver com a pessoa com quem eu estava do que com a música que eu fazia.

E a garota. Ela é ótima. Qualquer cara mataria para estar com ela, teria orgulho de pegá-la.

Só que, mesmo no começo, quando estávamos naquela fase em que nunca tínhamos o bastante um do outro, havia uma parede invisível entre nós. Inicialmente eu tentei demoli-la, mas era preciso tanto esforço até para criar rachaduras. Daí me cansei de tentar. Então me justifiquei. É assim que os relacionamentos adultos são, como fica o amor depois de umas cicatrizes de guerra.

Talvez fosse por isso que eu não conseguia aproveitar o que tínhamos. Por isso que, no meio da noite, quando não consigo dormir, eu saio para ouvir as ondas do filtro da piscina e para tentar compreender essa obsessão da Bryn que me deixa louco. Mesmo quando faço isso, tenho consciência de que é café pequeno — a forma como ela dorme com o BlackBerry ao lado do travesseiro, como malha por horas todo dia e anota tudo o que come, o modo como se recusa a desviar de um plano ou compromisso. E sei também que há muitas coisas boas para contrabalançar as más. Ela é generosa como um novo-rico e leal como um pitbull.

Sei que não sou fácil de conviver. Bryn me diz que sou recluso, evasivo, frio. Ela me acusa — dependendo de seu ânimo — de ter ciúme da carreira dela, de estar com ela por acidente. Não é verdade. Eu não toquei em nenhuma fã desde que estamos juntos; eu não quis.

Sempre digo a ela que parte do problema é que dificilmente estamos no mesmo lugar. Se não estou gravando ou em turnê, então Bryn está numa locação ou numa de suas infinitas viagens promocionais. O que não conto a ela é que não consigo nos imaginar juntos mais tempo. Porque não é que quando estamos no mesmo quarto tudo seja ótimo.

Às vezes, depois que Bryn toma algumas taças de vinho, ela alega que Mia é quem está entre nós. — Por que não volta para seu fantasma? — ela diz. — Estou cansada de competir com ela.

— Ninguém pode competir com você — eu digo, beijando-a na testa. E não estou mentindo. Ninguém *pode* competir com Bryn. Então digo a ela que não é Mia, não é nenhuma outra garota. Bryn e eu vivemos numa bolha, rodeados por holofotes, uma panela de pressão. Seria difícil para qualquer casal.

Mas acho que nós dois sabemos que estou mentindo. E a verdade é que não há como evitar o fantasma de Mia. Bryn e eu nem estaríamos juntos se não fosse por ela. Por meio de um destino tortuoso, Mia é parte de nossa história, e estamos entre os cacos de seu legado.

OITO

As roupas foram para a caridade
Eu disse adeus do alto olhando a cidade
A casa está vazia, vendi toda a mobília
Em breve o seu cheiro vai declinar para se ajustar
Não sei por que ligo, ninguém me atende
Não sei por que canto, ninguém me escuta[4]
"Disconnect"
Collateral damage, faixa 10

Já ouviu aquela história do cachorro que passa a vida perseguindo carros e, finalmente, quando consegue alcançar um, não sabe o que fazer?

Sou esse cachorro.

Porque aqui estou, sozinho com Mia Hall, algo que fantasiei por mais de três anos, e é tipo: e agora?

Estamos numa lanchonete que aparentemente era o destino dela, algum lugar bem distante do lado oeste da cidade. — Tem um estacionamento — Mia me diz quando chegamos.

— Uh-hum — só consigo responder isso.

---

[4] *The clothes are packed off to Goodwill*
I said good-byes up on that hill
The house is empty, the furniture sold
Soon your smells with decay and mold
Don't know why I bother calling, ain't nobody answering
Don't know why I bother singing, ain't nobody listening

— Nunca vi um restaurante de Manhattan com um estacionamento. Foi por isso que parei da primeira vez. Então reparei que todos os motoristas de táxi comem aqui, e os taxistas geralmente são bons juízes de comida, mas até aí eu não tinha certeza, porque *há* um estacionamento, e estacionamento grátis é uma vantagem mais atraente do que comida boa e barata.

Mia está tagarelando agora. E eu penso: *Estamos mesmo conversando sobre estacionamentos? Quando nenhum de nós, até onde eu sei, está de carro.* Sou atingido novamente, como não sei mais nada sobre ela, nem o menor detalhe.

O atendente nos leva a uma mesa e Mia de repente faz uma careta.

— Eu nunca deveria ter te trazido aqui. Você provavelmente não come mais em lugares como este.

Ela está certa. Não porque eu prefira lugares escuros, exclusivos e caros demais, mas porque é a esses que me levam e é nesses que geralmente me deixam em paz. Mas este lugar está cheio de velhos nova-iorquinos grisalhos e taxistas, ninguém que me reconheceria. — Não, aqui está bom — eu digo.

Nós nos sentamos a uma mesa ao lado da janela, perto do elogiado estacionamento. Dois segundos depois, um cara baixinho, troncudo e peludo está diante de nós. — Maestrina — ele diz para Mia. — Há quanto tempo.

— Oi, Stavros.

Stavros deixa os cardápios e se vira para mim. Levanta uma sobrancelha espessa. — Então, você finalmente trouxe seu namorado para conhecermos!

Mia fica vermelha e, mesmo que haja algo ofensivo no fato de ela ficar tão envergonhada por ser considerada minha namorada, há algo reconfortante em vê-la corar. Essa garota é bem mais parecida com aquela que conheci, o tipo que nunca teria conversas abafadas em celulares.

— É um velho amigo — Mia diz.

Velho amigo? Isso é um rebaixamento ou promoção?

— Velho amigo, hein? Você nunca veio aqui com ninguém. Uma menina bonita e talentosa como você. Euphemia! — ele berra. — Venha cá. A maestrina trouxe um colega!

O rosto de Mia fica roxo. Quando levanta o olhar, ela balbucia: — A esposa.

Saindo da cozinha, cambaleia o equivalente feminino de Stavros, uma mulher baixa, de forma quadrada, com o rosto cheio de maquiagem, metade da qual parece ter derretido em seu queixo duplo. Ela esfrega as mãos no avental branco engordurado e sorri para Mia, mostrando um dente dourado. — Eu sabia! — ela exclama. — Sabia que estava escondendo um namorado. Uma menina bonita como você. Agora entendi por que não quer namorar o Georgie.

Mia faz bico e levanta a sobrancelha para mim. Ela dá a Euphemia um falso sorriso culpado. *Me pegou.*

— Agora venha, deixe-os aí — Stavros retruca, puxando a esposa pela cintura e se metendo na frente dela. — Maestrina, o de sempre?

Mia faz que sim.

— E o seu namorado?

Mia faz de fato uma careta, e o silêncio na mesa se estende... — Quero um hambúrguer, fritas e uma cerveja — digo finalmente.

— Maravilha — Stavros diz, batendo as mãos como se eu tivesse dado a ele a cura para o câncer. — Cheeseburger Deluxe. Acompanhamento de anéis de cebola. Seu garoto é muito magrinho. Assim como você.

— Você nunca vai ter filhos saudáveis se não colocar carne nesses ossos — Euphemia acrescenta.

Mia apoia a cabeça nas mãos, como se estivesse literalmente tentando desaparecer em seu próprio corpo. Depois que eles partem, ela diz: — Deus, isso foi bem... desconfortável. Claro que eles não reconheceram você.

— Mas sabiam quem *você* é. Eu não os consideraria amantes de música clássica. — Então olho para meu jeans, minha camiseta preta, meus tênis velhos. Houve um tempo em que eu também era fã de música clássica, então não tem como dizer.

Mia ri. — Ah, eles não são. Euphemia me conhece de tocar no metrô.

— Você tocava no metrô? A coisa ficou dura assim? — Então percebo o que acabei de dizer e quero voltar atrás. Não dá para perguntar para alguém como a Mia se a coisa ficou dura, mesmo que eu soubesse que, financeiramente, não ficou. Denny havia feito um seguro de vida complementar além daquele que tinha como professor, e isso deixou Mia bem confortável, apesar de ninguém saber sobre o segundo seguro logo de cara. Era uma das razões pelas quais, depois do acidente, um bando de músicos na cidade fez uma série de concertos beneficentes e levantou por volta de cinco mil dólares para o fundo Juilliard de Mia. A iniciativa emocionou os avós dela — e a mim também —, mas enfureceu Mia. Ela se recusou a aceitar a doação, chamando-a de dinheiro sangrento, e, quando seu avô sugeriu que aceitar a generosidade dos outros era em si um ato de generosidade que ajudaria as pessoas na comunidade a se sentir melhor, ela justificou que não era seu trabalho fazer com que as pessoas se sentissem melhores.

Mia apenas sorri. — Era um prazer. E surpreendentemente lucrativo. Euphemia me viu e, quando vim aqui comer, ela se lembrou da estação Columbus Circle. Ela me contou, toda orgulhosa, que colocou um dólar inteiro no meu estojo.

O telefone de Mia toca. Nós dois paramos para ouvir a pequena melodia. Beethoven toca sem parar.

— Vai atender? — pergunto.

Ela balança a cabeça, parecendo vagamente culpada.

O toque para por um instante e logo recomeça

— Você está popular esta noite.

— Não tão popular, mas encrencada. Eu deveria estar nesse jantar depois do concerto. Um bando de figurões. Agentes. Patrocinadores. Estou bem certa de que é ou um professor da Juilliard, alguém do Young Concert Artists ou meu empresário ligando para me dar bronca.

— Ou Ernesto? — digo no tom mais normal possível. Porque Stavros e Euphemia com certeza acham que Mia tem um namorado chique, que ela não arrasta para lanchonetes gregas. Só não sou eu.

Mia parece novamente desconfortável. — Pode ser.

— Se tem pessoas com quem precisa conversar ou, sabe, negócios para fazer, não me deixe atrapalhar.

— Não. Eu devia era desligar isso. — Ela busca o celular na bolsa e o desliga.

Stavros passa com um café gelado para Mia e uma Budweiser para mim e deixa outro silêncio desconfortável no lugar.

— Então — eu começo.

— Então — Mia repete.

— Então, você tem um prato habitual aqui. Como se este fosse seu lugar de sempre?

— Venho atrás da *torta grega de espinafre* e do *nagging*. Fica perto do campus, então eu costumava vir muito aqui.

Costumava? Pela vigésima vez esta noite eu faço os cálculos. Faz três anos que Mia partiu para a Juilliard. Isso a faria ser veterana neste outono. Mas ela está tocando no Carnegie Hall? Tem um empresário? De repente eu desejo ter prestado mais atenção àquela matéria.

— Por que não mais? — Minha frustração ecoa pela lanchonete.

O rosto de Mia se enrijece, e certa ansiedade surge. — O quê? — ela diz rapidamente.

— Você não está *mais* na escola?

— Ah, isso — ela diz, com o alívio relaxando sua testa. — Devia ter explicado antes. Eu me formei na primavera. Juilliard tem essa opção de formatura de três anos para...

— Prodígios — eu digo como um elogio, mas minha irritação por não ter a ficha de Mia Hall, os dados, destaques, pontos fortes da carreira, deixa a coisa amarga.

— Alunos talentosos — Mia corrige, quase se desculpando. — Eu me formei mais cedo para poder começar a turnê. Agora, na verdade. Tudo começa agora.

— Ah.

Ficamos sentados lá num silêncio desconfortável, até que Stavros chega com a comida. Eu achava que estava sem fome até sentir o cheiro do cheeseburger; meu estômago começa a roncar. Percebo que hoje só comi algumas salsichas. Stavros coloca um monte de pratos na frente de Mia: uma salada, torta de espinafre, batata frita, pudim de arroz.

— *Isso* é o que você costuma pedir? — pergunto.

— Eu te disse. Estou sem comer há dois dias. E você sabe quanto eu consigo comer. Ou sabia, quero dizer.

— Você precisa se alimentar bem, Maestrina; você se esgotou.

— Obrigada, Stavros.

Depois que ele se vai, nós dois matamos um tempinho afundando nossas batatas e a conversa em ketchup.

— Então... — eu começo.

— Então… — ela repete. Daí: — Como está todo mundo? O resto da banda?

— Bem.

— Onde eles estão hoje?

— Londres. Ou a caminho.

Mia vira a cabeça para um lado. — Achei que você tivesse dito que iria amanhã.

— É, bem, eu tive de cuidar de umas coisas aqui. Logística, e tudo isso. Então fiquei mais um dia.

— Bem, que sorte.

— *Quê?*

— Digo… que bom, porque do contrário a gente não teria se esbarrado.

Olho para ela. Fala sério? Dez minutos atrás ela parecia que ia ter um enfarte com a simples *possibilidade* de ser minha namorada. E agora diz que teve sorte por eu tê-la perseguido. Ou é só o momento "conversinha educada"?

— E como está a Liz? Ela ainda está com a Sarah?

Ah, essa é a parte do papo-furado. — Ah, sim, estão firmes. Querem casar e ainda não sabem se fazem isso num Estado legal como o Iowa ou esperam que o Oregon legalize. Todo esse problema para oficializar a união. — Balanço a cabeça em descrença.

— O que, você não quer casar? — ela pergunta, com um toque de desafio em sua voz.

É meio duro rebater o olhar dela, mas eu me forço. — Nunca — digo.

— Ah — ela exclama, parecendo quase aliviada.

Não entre em pânico, Mia. Eu não iria te pedir.

— E você? Ainda no Oregon? — ela pergunta.

— Não. Estou em Los Angeles agora.

— Outro refugiado da chuva fugindo para o sul.

— É. Algo assim. — Não preciso dizer que não vejo a menor graça em jantar ao ar livre em fevereiro, e que a indefinição das estações me aborrece. Sou tipo o oposto daquelas pessoas que precisam de câmaras de bronzeamento no escuro do inverno. Estou no meio do não inverno ensolarado de Los Angeles e preciso me sentar num armário escuro para me sentir bem. — Fiz com que meus pais se mudassem também. O calor é melhor para a artrite do meu pai.

— É. A artrite do vovô está bem ruim também. Na cintura.

Artrite? Isso poderia parecer mais com as atualizações feitas por meio de um cartão de Natal? *E Billy terminou a aula de natação, e Todd engravidou a namorada, e a tia Louise curou o inchaço dos pés.*

— Ah, que droga — eu digo.

— Você sabe como ele é. Fica bem firme com isso. Na verdade, ele e a vovó estão se preparando para viajar bastante para me visitar na estrada; conseguiram novos passaportes. A vovó até arrumou uma aluna de horticultura para cuidar das orquídeas enquanto ela estiver fora.

— E como estão as orquídeas de sua avó? — pergunto. *Excelente. Partimos para as flores agora.*

— Ainda ganhando prêmios, então acho que devem estar bem. — Mia abaixa o olhar. — Não visito a estufa há um bom tempo. Não voltei mais lá.

Fico surpreso com isso — e ao mesmo tempo não. É como se eu já soubesse, ainda que eu soubesse que, quando eu saísse da cidade, Mia poderia voltar. Novamente eu superestimei minha importância.

— Você devia visitá-los qualquer hora — ela comenta. Vão ficar felizes por saberem de você, por saberem que está bem.

— Quão *bem* eu estou?

Quando olho novamente, ela está espiando debaixo de uma cachoeira de cabelos, balançando a cabeça de forma questionadora. — É, Adam, quão *incrível* você está. Quero dizer, você conseguiu. Você é um astro do rock!

Astro do rock. As palavras são tão cheias de truques que é impossível reconhecer a pessoa por trás delas. Mas eu *sou* um astro. Tenho a conta bancária de um astro e os discos de platina de um astro e também a namorada de um astro. Mas odeio esse termo, e ouvir Mia dizer isso aumenta o meu ódio.

— Tem fotos com o resto da banda? — ela pergunta. — No seu celular ou algo assim?

— Sim, fotos. Tenho toneladas no meu telefone, mas lá no hotel. — Baboseira completa, mas ela nunca vai saber. E, se ela quer ver fotos, pode comprar uma *Spin* na banca de esquina.

— Tenho algumas fotos. As minhas são fotos de papel, porque meu celular é muito antigo. Acho que tenho algumas da vovó e do vovô, e, ah, uma ótima do Henry e do Willow. Eles trouxeram os filhos para me visitar no Marlboro Festival no verão passado — ela me diz. — Beatrix, ou Trixie, como eles a chamam, lembra daquela menininha? Está com cinco anos agora. E eles têm outro filho, um garotinho, Theo, em homenagem a Teddy.

Com a menção do nome de Teddy, meu estômago se contrai. Quando se fala em sentimentos, você nunca sabe realmente como a ausência de uma pessoa vai te afetar mais do que a de outra. Eu adorava os pais de Mia, mas pude de certa forma aceitar a morte deles. Eles se foram cedo demais, mas na ordem certa — os pais antes da filha —, apesar de não ter sido assim na perspectiva dos avós de Mia, creio eu. Mas de alguma forma eu *ainda* não consigo aceitar na minha mente Teddy ficar com oito anos para sempre. Todo ano que fico mais velho penso em quantos anos Teddy teria. Teria quase doze agora, e eu o vejo no rosto de cada adolescente com espinha que vem aos nossos shows ou implora por um autógrafo.

Nunca contei a Mia sobre quanto perder Teddy me arrasou quando estávamos juntos, então não tem como eu contar isso a ela agora. Perdi o direito de discutir essas coisas. Eu abdiquei — ou fui dispensado — do meu lugar à mesa da família dos Hall.

— Tirei a foto no verão passado, então está um pouco velha, mas dá para ter uma ideia de como todo mundo está.

— Ah, tudo bem.

Mas Mia já está revirando a bolsa. — Henry está igualzinho, um garotão. Onde está minha carteira? — Ela deixa a bolsa na mesa.

— Não quero ver suas fotos! — Minha voz é afiada como uma faca, alta como uma reprimenda de pai.

Mia para de revirar a bolsa. — Ah, tá. — Ela parece desconcertada, como se tivesse levado um tapa. Fecha o zíper da bolsa e a coloca de volta no banco, e, nesse movimento, derruba minha garrafa de cerveja. Começa freneticamente a pegar um guardanapo para limpar, como se tivesse ácido de bateria vazando na mesa. — Droga! — ela diz.

— Não tem importância.

— Tem, sim. Fiz uma bagunça danada — Mia diz, sem ar.

— Você enxugou a maior parte. Apenas chame seu amigo e ele limpa o resto.

Ela continua a limpar feito louca, até ter esvaziado o porta-guardanapos e acabar com todo o papel seco do lugar. Faz uma bola com guardanapos molhados e acho que está prestes a limpar a mesa com os próprios braços. Fico observando tudo, levemente perplexo. Até que acaba o combustível de Mia. Ela para, abaixa a cabeça. Então levanta os olhos. — Me desculpe.

Sei que o certo seria dizer que tudo está bem, que não tem nada de mais, nem caiu cerveja em mim. Mas de repente não sei se ela está falando da cerveja, e, se *não* estamos falando de cerveja, se Mia está se desculpando por alguma outra coisa...

Desculpar pelo que, Mia?

Mesmo que eu conseguisse perguntar isso — o que eu não consigo —, ela está saltando do banco e correndo para o banheiro para limpar a cerveja dela mesma, como se fosse Lady Macbeth.

Ela se foi há um tempo, enquanto fico tentando entender a ambiguidade que ela deixou em mim. Porque imaginei muitas coisas nos últimos três anos. A maioria delas, versões de algum tipo de Grande Engano, um mal-entendido enorme, e muitas das minhas fantasias envolvem as formas com as quais Mia me pede perdão. Desculpas por retribuir meu amor com a crueldade do seu silêncio. Por agir como se dois anos da vida — aqueles dois anos da *nossa* vida — não significassem nada.

Mas eu sempre paro de fantasiar as desculpas dela por ter ido embora. Mesmo que ela não saiba, só fez o que eu disse a ela que poderia fazer.

NOVE

Havia sinais. Provavelmente mais deles do que eu já captei, talvez até depois do ocorrido. Mas perdi todos. Talvez porque eu não estivesse procurando isso. Estava ocupado demais olhando sobre meu ombro para o fogo para prestar atenção no abismo que estava à minha frente.

Quando Mia decidiu ir para Juilliard naquele outono, e quando, no final daquela primavera, ficou claro que ela seria capaz de fazer isso, eu disse que iria com ela para Nova York. Ela apenas me deu este olhar: *sem chance.* — Isso nunca foi considerado antes — ela disse. — Então, por que deveria ser agora?

Porque antes você era uma pessoa inteira, mas agora não tem um baço. Nem pais. Porque agora Nova York pode te engolir viva, eu pensei. Não falei nada.

— É hora de nós dois voltarmos à nossa vida — ela continuou. Eu parei de frequentar a faculdade depois do acidente e tinha um semestre de matérias incompletas. Mia também não tinha voltado para a escola. Ela perdeu muitas aulas, e agora tinha um professor particular para terminar o último ano, poder se formar e ir para a Juilliard a tempo. Muita coisa estava acontecendo. Seus professores a aprovariam mesmo que ela nunca entregasse um trabalho.

— E quanto à banda? — ela perguntou. — Sei que estão todos esperando por você. — Também era verdade. Pouco antes do acidente, nós gravamos um disco no Smiling Simon, um selo independente de Seattle. O CD saiu no começo do verão e, mesmo não tendo feito turnê para promovê-lo, vendeu como água, tocando horrores em rádios universitárias. Como resultado, a Shooting Star agora era sondada por grandes gravadoras, todas interessadas em assinar com a banda que existia apenas na teoria. — Sua pobre guitarra está praticamente morrendo com o seu descaso — ela disse com um sorriso triste. — Não sai do estojo desde que você abortou o show de abertura para a Bikini.

Então, concordei com o "troço" de longa distância. Em parte porque sabia que não dava para discutir com Mia. E também porque não queria mesmo largar a Shooting Star. Mas eu estava meio chateado com a distância. Quero dizer, antes eu estava preocupado com o que a distância faria com a gente. Mas *agora*? Que diabos quatro mil quilômetros poderiam fazer com a gente? Além do mais, Kim tinha aceitado uma vaga na Universidade de Nova York, a poucos quilômetros da Juilliard. Ela cuidaria de Mia.

Só que daí Kim fez uma alteração de última hora e se mudou para Brandeis, em Boston. Fiquei furioso com isso. Depois do acidente, nós frequentemente tínhamos pequenas conversas sobre o progresso de Mia e passávamos as informações para os avós dela. Mantínhamos nossas conversas em segredo, sabendo que Mia nos teria matado se pensasse que estávamos conspirando. Mas Kim e eu éramos como copilotos da Equipe Mia. Se eu não pudesse me mudar para Nova York com Mia, sentia que Kim tinha a responsabilidade de ficar perto dela.

Fiquei remoendo isso por um bom tempo, até uma noite quente de julho, cerca de um mês antes que ela e Mia estivessem prontas para partir. Kim veio até a casa dos avós de Mia para ver DVD com a gente. Mia foi cedo para a cama, então éramos só nós dois terminando um filme estrangeiro qualquer. Kim ficava tentando conversar sobre Mia, que ela estava indo bem, e tagarelava durante o filme como um papagaio. Finalmente eu lhe pedi para calar a boca. Seus olhos se arregalaram e ela começou a pegar suas coisas. — Sei com o que está chateado, e não é com esse filme idiota. Então, por que não grita comigo de uma vez e supera logo isso? — ela desabafou. Então ela explodiu num choro. Eu nunca tinha visto Kim chorar, não assim, nem mesmo no velório, então imediatamente me senti um merda e me desculpei e a abracei sem graça.

Depois que ela parou de chorar, enxugou os olhos e explicou como Mia a convenceu a escolher Brandeis. — Quero dizer, era lá que eu realmente queria estudar. Depois de tanto tempo em Goyoregon, eu queria estar num colégio judaico, mas a Universidade de Nova York era bacana, e Nova York tem muitos judeus. Só que a Mia foi firme nisso. Disse que não queria mais "uma babá". Essas foram as palavras exatas. Ela jurou que, se eu fosse para a Universidade de Nova York, ela saberia que alterei os planos para ficar de olho nela. Disse que cortaria os laços comigo. Eu respondi que não acreditava nela, mas Mia estava com um olhar que eu nunca havia visto. Estava falando sério. Então eu fiz. Sabe quantos pauzinhos tive de mexer para voltar atrás? Além do mais, perdi meu depósito na NYU. Que seja: fez a Mia feliz, e não tem muita coisa que a deixe assim atualmente. — Kim sorriu com melancolia. — Então, não estou certa por que isso está me fazendo tão mal. Culpa, acho. Carga religiosa. — E começou a chorar novamente.

Por sinal, bem alto. Eu imaginei que fosse, e coloquei os dedos no ouvido.

Mas no final, quando chegou o dia, foi tudo calmo.

Mia seguiu para Nova York, eu voltei para o Porão do Rock. Retornei à escola. O mundo não terminou. Nas primeiras semanas, Mia e eu trocamos e-mails enormes. Os dela eram sobre Nova York, suas aulas, música, escola. Os meus eram sobre nossas reuniões com gravadoras. Liz havia marcado vários shows para nós perto do Dia de Ação de Graças — e tínhamos de ensaiar muito antes disso, visto que eu não pegava em uma guitarra havia meses —, mas, pela insistência de Mike, estávamos cuidando primeiro dos negócios. Viajávamos para Seattle e Los Angeles e encontrávamos executivos da gravadora. Alguns olheiros de Nova York vinham para o Oregon nos encontrar. Contei a Mia das promessas que eles fizeram, de como melhorariam o nosso som e nos lançariam ao estrelato. Todos nós na banda tentávamos ficar de boa, mas era difícil não se contaminar com aquela purpurina toda.

Mia e eu nos telefonávamos toda noite antes de dormir. Geralmente ela estava bem esgotada, então as conversas eram curtas, o tempo necessário de ouvir a voz um do outro, e dizer *eu te amo*.

Uma noite, três semanas depois do início do semestre, eu demorei um pouco para ligar porque estávamos jantando no Le Pigeon, em Portland, com um dos representantes da gravadora e tudo foi até mais tarde. Quando minha chamada caiu na caixa postal, imaginei que ela já tivesse ido dormir.

Mas no dia seguinte não havia e-mail dela. — "Desculpe ligar tarde. Brava comigo?" — mandei uma mensagem.

"Não" — ela mandou de volta. Fiquei aliviado.

Mas naquela noite eu liguei na hora, e a chamada foi direto para a caixa postal. E no dia seguinte, no e-mail que Mia me mandou, foram somente duas frases, algo sobre a orquestra ser muito intensa. Então eu entendi. As coisas começavam a esquentar. Ela estava na Juilliard, afinal. O violoncelo dela não tinha wi-fi. E essa era a Mia, a garota conhecida por praticar oito horas por dia.

Então comecei a ligar em horários diferentes, acordando cedo para pegá-la antes das aulas, telefonando durante o jantar. E minhas ligações caíam na caixa postal, e nunca eram respondidas. Eu ainda recebia e-mails, mas não todo dia, e, mesmo que *eles* fossem cheios de perguntas desesperadas — "Por que não atende o celular?", "Perdeu o celular?", "Está bem?" —, as respostas eram sempre as mesmas. Ela só dizia estar ocupada.

Decidi visitar os avós dela. Basicamente vivi com eles por cinco meses enquanto Mia se recuperava, e prometi ir vê-los com frequência, mas deixei de cumprir a promessa. Achava difícil estar naquela velha casa fria com sua galeria de fotos de fantasmas — um retrato de casamento de Denny e Kat, uma foto de revirar o estômago de Mia com doze anos lendo para Teddy em seu colo — sem Mia ao meu lado. Mas, com o contato de Mia minguando, eu precisava de respostas.

Na primeira vez que os visitei naquele outono, a avó de Mia me alugou falando sobre o estado do jardim, então saiu para sua estufa, me deixando na cozinha com o marido. Ele preparou um bule de café bem forte. Não falamos muito, então tudo o que se podia ouvir era o estalo do fogão a lenha. Ele apenas olhou para mim daquele modo silencioso que me fazia inexplicavelmente querer me ajoelhar aos pés de sua cadeira e colocar a cabeça em seu colo.

Voltei mais algumas vezes, mesmo depois que Mia cortou completamente o contato comigo, e sempre foi assim. Eu me sentia meio fingido por estar lá em visitas sociais, quando na verdade esperava notícias, alguma explicação. Não, o que eu *realmente* esperava era não ser o único deixado de fora. Queria que eles dissessem: "Mia parou de ligar para nós. Ela tem mantido contato com você?". Mas claro que isso nunca aconteceu, porque isso nunca *iria* acontecer.

Eu não precisava da confirmação dos avós de Mia. Eu sabia desde a segunda noite em que minha ligação caiu na caixa postal que era o fim da linha para mim.

Não foi o que eu disse a ela? Não fiquei sobre o seu corpo e prometi que eu faria qualquer coisa se ela ficasse, mesmo que isso significasse deixá-la ir? O fato de ela estar em coma quando eu disse isso, de não ter acordado por mais três dias, de nenhum de nós ter mencionado o que eu havia dito, parecia quase irrelevante. Eu mesmo provoquei essa situação.

O que eu não consigo entender é *como* ela fez isso. Eu nunca larguei uma menina com tamanha brutalidade. Mesmo quando me aproximei das *groupies*, sempre acompanhava a garota da vez para fora do quarto de hotel ou limusine ou o que fosse, dava um beijo casto na bochecha e falava "valeu, foi bem divertido", ou algo parecido com um fim. E isso era com uma *groupie*. Mia e eu estávamos juntos fazia mais de dois anos, e, sim, era um namoro de escola, mas ainda era o tipo de namoro em que eu achava que estávamos tentando encontrar uma forma de durar para sempre, o tipo que, se nos encontrássemos cinco anos depois e ela não fosse um prodígio do violoncelo, e eu não estivesse numa banda em ascensão — e nossa vida não tivesse sido destroçada por tudo isso —, eu teria certeza de que seria assim.

Acabei percebendo que há uma grande diferença entre saber que algo aconteceu e saber *por que* aconteceu, e acreditar nisso. Porque, quando ela cortou o contato, sim, eu *sabia* que havia acontecido. Mas levei um longo, longo tempo para acreditar.

Em alguns dias, eu *ainda* não acredito.

DEZ

No tambor da pistola, disparo um, dois, três
Ela disse para eu escolher: ou eu ou você
Metal na testa, explosão me ensurdece
Lambendo o sangue que me cobre
Ela permanece[5]
"Roulette"
Collateral damage, faixa 11

Depois que deixamos a lanchonete, começo a me sentir nervoso. Porque nós trombamos um com o outro. Fizemos a linha "educados" e ficamos juntos para nos atualizarmos, então o que resta além de dizer adeus? Mas não estou pronto para isso. Estou bem certo de que não haverá outro encontro com Mia, e vou ter de viver dos restos de hoje até o fim da vida, então gostaria de um pouco mais do que conversas sobre estacionamentos, artrite e desculpas frustradas.

A cada quarteirão que andamos e Mia não chama um táxi ou pede desculpas e diz boa-noite parece um adiamento da minha execução. No som dos meus passos batendo contra a calçada, quase posso ouvir a palavra *indulto, indulto*, ecoar pelas ruas da cidade.

Caminhamos em silêncio por uma extensão muito mais suja da Nona Avenida. Por baixo de uma passarela úmida, onde um bando de

[5] *Barrel of the gun, rounds one two three*
She says I have to pick: choose you or choose me
Metal to the temple, the explosion of deafening
Lick the blood that covers me
She's the last one standing

mendigos acampa. Um deles pede moedas. Jogo para ele uma de dez. Passa um ônibus soltando uma nuvem de fumaça.

Mia aponta para a rua. — É o terminal de ônibus Port Authority — ela diz.

Eu apenas concordo com a cabeça; não estou certo de que vamos discutir sobre pontos de ônibus com o mesmo nível de detalhes que fizemos sobre estacionamentos ou se ela planeja me mandar embora.

— Há um boliche lá dentro — ela me diz.

— Na estação?

— Loucura, né? — Mia exclama, repentinamente animada. — Não consegui acreditar quando descobri. Estava voltando para casa depois de visitar Kim em Boston, tarde da noite, e me perdi na saída; e lá estava. Me lembrou daquela caça aos ovos de Páscoa. Lembra como Teddy e eu costumávamos ficar com isso?

Eu me lembro de como *Mia* costumava ficar. Ela era fanática por qualquer feriado que tivesse associação com doces — e os tornava especialmente engraçados para Teddy. Em uma Páscoa ela coloriu à mão ovos cozidos e os escondeu no quintal para que Teddy os procurasse na manhã seguinte. Mas choveu a noite toda, e seus ovos coloridos ficaram cinza manchado. Mia quase chorou de decepção, mas Teddy quase fez xixi nas calças de empolgação — os ovos, ele disse, não eram ovos de Páscoa; eram ovos de *dinossauro.*

— É, eu me lembro — digo.

— Todo mundo ama Nova York por essas novidades. A cultura. A mistura de gente. O ritmo. A comida. Mas para mim é como uma enorme busca por ovos de Páscoa. Você sempre encontra essas pequenas surpresas ao redor de cada canto. Como aquele jardim. Como um boliche num grande terminal de ônibus. Sabe... — ela para.

— Quê?

Ela balança a cabeça. — Você provavelmente tem algo para fazer esta noite. Uma balada. Sua comitiva para encontrar.

Reviro os olhos. — Não tenho comitiva, Mia. — Sai mais duro do que eu pretendia.

— Não falei para ofender. Supus que todos os astros do rock, as celebridades, andam em bandos.

— Pare de supor. Eu ainda sou eu. *Mais ou menos.*

Ela parece surpresa. — Tá. Não precisa estar em nenhum lugar em que não quer estar?

Balanço a cabeça.

— Está tarde. Precisa dormir?

— Não faço muito isso hoje em dia. Posso dormir no avião.

— Então... — Mia chuta um pedaço de lixo com o dedão e eu percebo que *ela ainda está nervosa.* — Vamos para uma caça aos ovos urbana. — Ela faz uma pausa, busca meu rosto para ver se eu sei do que ela está falando, e claro que sei exatamente do que ela está falando. — Vou te mostrar os cantos secretos da cidade que eu tanto amo.

— Por quê? — pergunto a ela. Então, logo que faço a pergunta, quero me dar um chute. *Você teve seu indulto, agora cala a boca!* Mas parte de mim quer saber. Se estou inseguro sobre por que fui ao concerto dela esta noite, estou bem confuso sobre por que ela me chamou, por que ainda estou aqui.

— Porque eu gostaria de te mostrar — ela diz simplesmente. Eu olho para ela, esperando que me diga mais alguma coisa. Suas sobrancelhas se franzem quando ela tenta explicar. Então ela desiste. Apenas dá de ombros. Após um minuto, ela tenta novamente: — Além do mais, não estou exatamente deixando Nova York, mas estou mais ou menos fazendo isso. Vou para o Japão amanhã fazer dois shows e um na Coreia.

Depois disso volto para Nova York por uma semana e começo a fazer a turnê. Estarei na estrada por talvez quarenta semanas por ano, então....

— Não tem muito tempo para caçar ovos?

— Tipo isso.

— Então essa vai ser tipo sua turnê de despedida?

De Nova York? De mim?

Um pouco tarde para mim.

— É uma forma de ver, creio eu — Mia responde.

Faço uma pausa, como se estivesse de fato considerando isso, como se estivesse avaliando minhas opções, como se a confirmação para o seu convite ainda estivesse em questão. Daí dou de ombros, interpreto bem: — Claro, por que não?

Mas ainda estou um pouco em dúvida com esse terminal de ônibus, então coloco os óculos escuros e o boné antes de entrar. Mia me guia por um corredor de lajotas laranja, o cheiro de desinfetante de eucalipto não mascara muito bem o odor de urina, e por uma série de escadas rolantes, passando por bancas de jornal fechadas, restaurantes de fast-food, por mais escadas até um letreiro de neon dizendo "Boliche vinte e quatro horas".

— Aqui estamos — ela diz timidamente, com orgulho. — Depois de encontrar por acidente, eu me acostumei a espiar toda vez que estou no terminal. Então comecei a vir aqui para passear. Às vezes eu me sento no bar e peço nachos e vejo as pessoas jogarem.

— Por que você não joga?

Mia vira a cabeça para o lado, então bate no cotovelo.

Ah, o cotovelo. Seu calcanhar de Aquiles. Uma das poucas partes do corpo que, ao que parecia, não se machucaram no acidente, não foram engessadas ou presas com parafusos ou pontos ou modificadas por enxertos de pele. Mas, quando ela começou a tocar violoncelo novamente, naquela louca tentativa de se recuperar, seu cotovelo começou a doer. Raios X foram tirados. Ressonância. Os médicos não conseguiram achar nada de errado, disseram que podia ser um ferimento ou um nervo contundido, e sugeriram diminuir os ensaios, o que desmotivou Mia. Ela disse que, se não pudesse tocar, não teria mais nada. *E quanto a mim?* Eu me lembro de pensar, mas nunca disse. Enfim, ela ignorou os médicos e tocou com dor, então ou ela melhorou ou se acostumou.

— Tentei fazer com que algumas pessoas da Juilliard viessem algumas vezes, mas elas não curtiram. Mas não importa — ela me diz. — É o *lugar* que eu amo. É totalmente escondido aqui. Não preciso jogar para gostar.

Então seu namorado do Jardim do Éden é sofisticado demais para lanchonetes engorduradas e boliches, não é?

Mia e eu costumávamos jogar boliche, às vezes só nós dois, outras vezes com a família toda dela. Kat e Denny eram grandes jogadores, parte da coisa retrô do Denny. Até Teddy conseguia acertar as oito. *Goste ou não, Mia Hall, você tem um pouco de grunge no seu DNA, graças à sua família. E talvez graças a mim também.*

— Podíamos jogar agora — sugiro.

Mia sorri com a oferta. Então bate no cotovelo novamente. Balança a cabeça.

— Não precisa jogar — eu explico. — Eu jogo. Você assiste. Só para ter o efeito completo. Ou posso jogar por nós dois. Parece que você deveria ter um jogo aqui, sendo esta sua turnê de despedida.

— Você faria isso por mim? — E é a surpresa na voz dela que me pega.

— É, por que não? Não jogo boliche há séculos. — Isso não é totalmente verdade. Bryn e eu fomos jogar há alguns meses num projeto de caridade. Pagamos vinte mil dólares por uma pista de uma hora mais ou menos para alguma causa justa, daí nem jogamos; apenas tomamos champanhe enquanto Bryn tagarelava. Quero dizer, quem toma champanhe numa pista de boliche?

O lugar tem cheiro de cerveja, de cera, de cachorro-quente e desinfetante. É como o cheiro de um boliche tem de ser. As pistas estão cheias de um grupo estranhamente não atraente de nova-iorquinos que parece de fato estar jogando por jogar. Não olham duas vezes para nós, não olham nem uma vez. Eu pego uma pista para nós e alugo um par de sapatos. Tratamento completo aqui.

Mia é praticamente volúvel enquanto experimenta os seus, fazendo um showzinho enquanto escolhe uma bola cor-de-rosa para que eu jogue em nome dela.

— E quanto aos nomes? — Mia pergunta.

Nos velhos tempos, nós sempre escolhíamos músicos, ela escolhia uma cantora punk da velha guarda e eu pegava um músico clássico. Joan e Frederic. Ou Debbie e Ludwig.

— Você escolhe — digo, porque não estou certo sobre quanto do passado devemos reviver. Até eu ver os nomes que ela coloca. Então quase caio para trás. *Kat* e *Denny*.

Quando ela vê minha expressão, parece envergonhada. — Eles gostavam de jogar também — explica rapidamente, mudando os nomes para Pat e Lenny. — Que tal? — ela pergunta, um pouco animada demais.

Duas letras distante da morbidez, penso. Minha mão está tremendo novamente, enquanto eu entro na pista com minha bola rosa de "Pat", que pode explicar por que eu só derrubo oito pinos. Mia não se importa. Ela grita de alegria: — Um pino do boliche será meu. — Então percebe sua empolgação e olha para os pés. — Obrigada por me alugar estes sapatos. Boa escolha.

— Sem problemas.

— Como ninguém te reconhece aqui? — ela pergunta.

— É questão de contexto.

— Talvez você possa tirar seus óculos escuros. É meio difícil conversar com você assim.

Esqueci que estava com eles e me sinto idiota por isso, e idiota por ter de usá-los, para começar. Eu os retiro.

— Melhor — Mia diz. — Não entendo por que os músicos clássicos acham que boliche é uma porcaria. É tão divertido.

Não sei por que essa disputa entre os esnobes da Juilliard contra o resto de nós deveria me fazer sentir uma pontinha de animação, mas faz. Eu derrubo os dois últimos pinos de Mia. Ela comemora, bem alto.

— Você gostou da Juilliard? — pergunto. — Foi tudo o que você achou que seria?

— Não — ela diz, e novamente sinto esse estranho senso de vitória. Até que ela justifica. — Foi melhor.

— Ah.

— Mas não começou assim. Foi bem pesado no início.

— Não é de surpreender, considerando tudo.

— Esse é o problema. Considerar tudo. Muitas coisas a considerar. Quando cheguei lá, as pessoas eram muito atenciosas. Minha colega de quarto era tão atenciosa que não olhava para mim sem chorar.

A "ultrassolidária" — dela eu me lembro. Fui cortado algumas semanas depois dela.

— Todas as minhas colegas de quarto eram superdramáticas. Mudei tantas vezes no primeiro ano antes de finalmente me mudar dos alojamentos. Sabe que vivi em onze lugares aqui? Acho que deve ser algum tipo de recorde.

— Considere um treinamento para cair na estrada.

— Gosta de estar na estrada?

— Não.

— Sério? Ir para todos esses países. Eu achava que você adorasse isso.

— Eu só vejo o hotel e o lugar onde toco e um borrão de paisagem da janela do ônibus.

— Você *nunca* visita a cidade?

A banda, sim. Eles saem nas suas turnês particulares VIP, chegam ao Coliseu de Roma antes de abrir para o público e coisas assim. Eu poderia ir junto, mas significa ir com a banda, então eu termino entocado no hotel. — Geralmente não dá tempo — eu minto. — Então você estava dizendo que teve problemas com suas colegas de quarto.

— É — Mia continua. — Sobrecarga de solidariedade. Foi assim com todo mundo, incluindo os professores, que ficavam nervosos perto de mim, quando deveria ser o contrário. É meio um rito de passagem quando você pega uma orquestra para ter sua música desconstruída, basicamente desmontada, na frente de todo mundo. E acontecia com todos, menos comigo. Era como se eu fosse invisível. Ninguém ousava me criticar. E, confie em mim, não era porque eu tocava tão bem.

— Talvez fosse — eu digo. Eu me aproximo e seco as mãos no secador.

— Não, não era. Uma das disciplinas dos primeiros semestres é Análise de Quarteto de Cordas. E uma das provas é com esse tal de Lemsky. Ele é um figurão no departamento. Russo. Imagine qualquer estereótipo cruel que puder: é ele. Um sujeito mau e enrugado. Vindo direto de Dostoiévski. Meu pai teria amado. Depois de algumas semanas, fui chamada na sala dele. Esse geralmente não é um bom sinal.

— Ele estava sentado atrás de uma mesa bagunçada de madeira, com papéis e partituras empilhados até o teto. E começou a me falar sobre a família dele. Judeus da Ucrânia. Passaram pelos massacres. Daí pela Segunda Guerra. Daí ele disse: "Todo mundo tem suas tragédias na vida. Todo mundo tem dor. O corpo docente aqui vai mimar você por causa do que você passou. Porém, na minha opinião, se fizermos isso, aquele acidente de carro matará você também, porque vai sufocar seu talento. Você quer que façamos isso?".

— E eu não sabia como responder, então apenas fiquei parada lá. Daí ele *gritou* comigo: "*Você quer? Quer que a gente sufoque você?*". Eu consegui soltar um "não". E ele terminou: "Bom. Então pegue sua baqueta e pode sair".

Penso no lugar em que eu gostaria de enfiar a baqueta desse cara. Agarro a bola e arremesso pela pista. Ela acerta a formação de pinos com um estrondo gostoso, os pinos voam em todas as direções como pequenos humanos fugindo do Godzilla. Quando volto a Mia, estou mais calmo.

— Boa — ela diz ao mesmo tempo que eu falo: — Seu professor é um babaca!

— Verdade, não é dos mais sociáveis. E eu fiquei apavorada na hora, mas, olhando agora, acho que foi um dos dias mais importantes da minha vida. Porque ele foi a primeira pessoa que não me deu simplesmente uma aprovação.

Eu me viro, feliz por ter uma razão para me afastar dela para que Mia não possa olhar o meu rosto. Jogo a bola rosa pela pista, mas a mira está fora e a bola desvia para a direita. Derrubo sete pinos e os três que restam se dividem. Eu espero pela próxima jogada. Para melhorar as coisas, erro de propósito a *minha* próxima jogada, derrubando só seis pinos.

— Então, alguns dias depois, na orquestra — Mia continua —, meu glissando é derrubado, e não de um jeito bacana. — Ela sorri, tomada de lembranças felizes de sua humilhação.

— Nada como uma surra pública.

— Né?! Foi ótimo. Foi a melhor terapia do mundo.

Olho para ela. "Terapia" já foi uma palavra proibida. Mia recebeu aconselhamento para o luto no hospital e na reabilitação, mas se recusou a continuar se consultando quando voltou para casa, algo que Kim e eu condenamos. Mia alegou que falar sobre sua família morta uma hora por semana não era terapêutico.

— Quando isso aconteceu, era como se todo mundo na faculdade relaxasse ao meu redor — ela me diz. — Lemsky foi muito duro comigo. Sem descanso. Sem vida que não fosse o violoncelo. Nos verões eu tocava em festivais. Aspen. Depois Marlboro. Depois Lemsky e Ernesto me empurraram para a audição no programa da Young Concert Artists, que foi insano. Fez entrar na Juilliard parecer brincadeira de criança. Mas eu consegui. E entrei. Foi por isso que eu estava no Carnegie hoje. Músicos de vinte e um anos geralmente não tocam recitais no Zankel Hall. E isso apenas escancarou as portas. Tenho empresário agora. Tenho agentes interessados em mim. E é por isso que Lemsky forçou a formatura mais cedo. Ele disse que eu estava pronta para começar a viajar, apesar de eu não ter certeza se ele tem razão.

— Pelo que eu ouvi hoje, ele está certo.

O rosto dela de repente fica ansioso, tão jovem, quase dói. — Acha mesmo? Tenho tocado em recitais e festivais, mas agora vai ser diferente. Agora vai ser eu sozinha, ou fazendo solo com uma orquestra ou um quarteto ou conjunto de música de câmara. — Ela balança a cabeça. — Alguns dias eu acho que deveria encontrar uma posição permanente numa orquestra, ter alguma continuidade. Como você tem com a banda. Deve ser reconfortante estar sempre com a Liz, o Mike e o Fitzy. O palco muda, mas os músicos permanecem os mesmos.

Penso na nossa banda, num avião enquanto conversamos, cruzando o Atlântico — um oceano, a menor das coisas dividindo a gente agora. Então penso em Mia, na forma como ela tocou Dvorák, e em todas as pessoas no teatro dizendo que estavam satisfeitas depois que terminou o concerto. — Não, você não deveria fazer isso. Seria um desperdício de talento.

— Agora *você* está falando como o Lemsky.

— Ótimo.

Mia ri. — Ah, eu sei que ele parece um chato, mas acredito que no fundo ele faz isso porque acha que está me dando a chance de ter uma carreira; ele ajuda a preencher um certo vazio.

Mia para e se vira para mim, seus olhos fixos nos meus, buscando, alcançando. — Mas ele não precisa me dar uma carreira. Não é isso que preenche o vazio. Você entende isso, certo? Você sempre entendeu.

De repente, toda a merda do dia vem surgindo de volta: Vanessa e Bryn e *Shuffle* e os sessenta e sete dias em hotéis separados e silêncios desconfortáveis e fazer shows com uma banda atrás de mim onde não encontro mais apoio.

Mia... você não entende? A *música* é o vazio. E você é o motivo.

ONZE

A Shooting Star sempre foi uma banda com um código — sentimentos primeiro, negócios em segundo —, então não pensei muito na banda, não considerei os sentimentos deles, nem seus ressentimentos por minha extensa ausência. Imaginei que eles lidariam com minha ausência sem eu ter de explicar.

Depois que saí da minha reclusão e escrevi aquelas primeiras dez músicas, liguei para Liz, que organizou um jantar da banda, uma reunião. Durante o jantar, nós nos sentamos ao redor da Club Table — tem esse nome porque Liz pegou essa mesa pavorosa de jantar dos anos setenta que encontramos no lixão e cobriu com flyers e cerca de mil camadas de verniz para lembrar o interior de uma boate. Primeiro eu me desculpei por dar uma de Mia. Então peguei meu laptop e mostrei a eles as gravações das coisas novas que estava escrevendo. Os olhos de Liz e Fitzy ficaram arregalados. Eles seguraram a lasanha vegetariana na frente da boca, enquanto escutavam faixa após faixa: "Bridge", "Dust", "Stitch", "Roulette", "Animate".

— Cara, achamos que você só estava fechado para balanço, trabalhando em algum empreguinho de merda e perdendo tempo, mas você foi *produtivo* — Fitzy exclamou. — Esse troço é do caralho.

Liz concordou:

— É sim. E é lindo também. Deve ter sido libertador — ela disse, esticando-se para apertar minha mão. — Eu adoraria ler as letras. Tem no seu computador?

— Está rabiscado no papel na minha casa. Vou transcrever e mando por e-mail para vocês.

— Casa? Não é esta a sua casa? — Liz perguntou. — Seu quarto está um museu intocado. Por que não se muda de volta?

— Não tem muito para mudar. A não ser que vocês tenham vendido meus troços.

— Tentamos. Poeira demais. Ninguém quis — Fitzy disse. — Mas ocupamos sua mesa como porta-chapéu — Fitzy me deu um sorrisinho safado. Cometi o erro de dizer a ele que achava que eu estava virando meu falecido avô, com todas essas superstições esquisitas, como essa crença de que o chapéu na cama traz má sorte.

— Não se preocupe, vamos queimar sálvia — Liz responde. Claramente, Fitzy alertou a mídia.

— Então, o que é isso? — Mike perguntou, batendo as unhas contra meu laptop.

— Cara, são dez músicas — Fitzy respondeu, com um pedaço de espinafre em seu sorriso gigante. — Dez músicas loucamente boas. É praticamente um álbum. Já temos o suficiente para entrar em estúdio.

— Essas são apenas as que estão prontas — interrompi. — Tenho pelo menos mais umas dez vindo. Não sei o que está rolando, mas parece que estão fluindo agora, como se já tivessem sido escritas e gravadas e alguém apertasse o play. Estou colocando para fora o mais rápido que posso.

— Obedeça à musa — Liz disse. — Ela é uma patroa volúvel.

— Não estou falando das músicas — Mike falou. — Nem sabemos se vai haver algum disco. Se alguma das gravadoras vai nos querer. Tínhamos essa porta aberta e ele basicamente matou isso.

— Ele não matou nada — Liz retrucou. — Primeiro, só passaram alguns meses e, segundo, nosso CD *Smiling Simon* está subindo nas paradas indie, tocando horrores nas rádios universitárias. E eu tenho trabalhado no lado universitário muito bem — Liz continuou —, com entrevistas e tudo o mais, para manter o fogo aceso.

— E, cara, *Perfect world* foi até além, está tocando em rádio satélite — Fitzy disse. — Tenho certeza de que todos esses olheiros da gravadora vão ficar felizes em nos receber; vão se matar para ouvir tudo isso.

— Não dá para saber — Mike afirmou. — Eles têm as ondas deles. Cotas. As roupas que querem. E o meu ponto é que este aqui — ele aponta um dedo para mim — largou a banda sem explicação e agora volta como se não fosse grande coisa.

Mike tem razão, mas não é que eu tenha segurado ninguém. — Olha, sinto muito. Nós todos caímos no poço às vezes. Mas vocês podiam ter me substituído se quisessem. Arrumado um novo guitarrista e segurado seu grande contrato de gravadora.

Pelo olhar rápido que passou pelos três, eu vi que essa foi uma opção discutida, e provavelmente vetada por Liz. A Shooting Star era democrática, sempre tomamos decisões juntos. Mas, quando se tratava da decisão, a banda era de Liz. Foi ela quem começou e me chamou para ser o guitarrista depois de me ver tocando na cidade. Depois chamou Fitzy e Mike. Então, trocar alguém seria uma decisão final dela. Talvez seja por isso que Mike começou a tocar com outro baterista com o nome de Ranch Hand.

— Mike, não sei o que você quer com isso — Fitzy disse. — Quer uma caixa de bombons? Quer que Adam te traga flores e peça desculpas?

— Se liga, Fitzy — Mike bradou.

— Eu te compro flores — ofereci. — Flores amarelas. Acho que simbolizam amizade. O que for necessário. Vou fazer o que mandarem.

— Isso resolve? — Fitzy continuou. — Porra, cara. Temos essas músicas incríveis. Quem dera eu tivesse escrito essas músicas. Mas

Adam escreveu. Ele que veio com isso. E temos ele de volta. Então talvez agora possamos voltar a fazer música para foder com tudo e ver aonde isso nos leva. E talvez, sabe, nosso moleque aí tenha um pouco de prazer de volta na vida. Então, cara, o que passou passou.

As preocupações de Mike se mostraram infundadas. Algumas das maiores gravadoras que estavam nos paquerando no outono deram uma gelada em nós, mas outras ainda estavam interessadas, e, quando mandamos as demos das músicas que virariam *Collateral damage*, elas enlouqueceram, e estávamos contratados e no estúdio com Gus antes de nos darmos conta.

E por um tempo as coisas foram boas. Fitzy e Liz estavam certos. Gravar *Collateral damage* foi catártico. E nos divertimos. Trabalhar com Gus foi intenso, ele trouxe a energia de volta pra gente, nos disse para não temermos nosso poder, e todos fomos nessa. E foi bacana estar em Seattle gravando e ficando num apartamento do estúdio e nos sentindo os fodões. Tudo parecia bom.

Pouco depois de sair o disco, a turnê começou. Um trampo de cinco meses pela América do Norte, Europa e Ásia, que, visto de fora, parecia a coisa mais empolgante do mundo. E no começo foi. Mas também foi destruidor. E logo eu estava cansado o tempo todo. E solitário. Havia muito tempo livre no qual eu sentia saudade dela. Eu me entoquei nos quartos de hotel, no fundo dos ônibus. Afastei todo mundo. Até Liz. Especialmente Liz. Ela não era idiota, sabia o que estava rolando — e por quê. E não era uma flor frágil também. Ela cuidava de mim. Então eu me enterrei até ela cansar de tentar me puxar para cima.

Conforme a turnê continuava, o álbum começou a disparar. Disco de platina. Depois platina dupla. Os shows se esgotavam, aí nossos produtores acrescentavam datas adicionais para atender à demanda. Os acordos de merchandising estavam em todo canto. Camisetas da Shooting Star, bonés, pôsteres, adesivos, até um telescópio edição especial da Shooting Star. De repente a imprensa caía sobre nós. Entrevistas o tempo todo, o que era agradável inicialmente. As pessoas se importavam de ler o que tínhamos a dizer.

Mas uma coisa estranha começou a acontecer nas entrevistas. A repórter juntava a banda, fazia algumas perguntas superficiais para nós todos, então virava o microfone e a câmera para mim. E eu tentava passar para o resto da banda. Foi quando os repórteres começaram a pedir entrevistas só comigo, um pedido que eu invariavelmente recusava, até que de repente ficou impossível darmos entrevistas de qualquer outra forma.

Com cerca de quatro meses de turnê, estávamos em Roma. A *Rolling Stone* mandou um repórter passar alguns dias com a gente. Uma noite, após um show, estávamos fechando o bar do hotel. Era uma cena bem tranquila; estávamos sentados lá, desestressando, tomando grappa. Mas então o repórter começou a disparar todas essas perguntas pesadas. Todas para mim. Quero dizer, lá éramos doze: eu, Liz, Fitzy, Mike, Aldous, alguns *roadies*, algumas *groupies* — mas esse cara agia como se eu fosse a única pessoa na sala. "Adam, você vê *Collateral damage* como uma única narrativa? Em caso afirmativo, pode falar mais sobre isso?" "— Adam, acha que esse disco representa seu amadurecimento como compositor?" "Adam, você mencionou em outras entrevistas que quer seguir pelo caminho do rockstar sombrio, mas como evita sufocar-se nas suas próprias sombras?".

Mike surtou. — Você roubou a banda! — ele gritou para mim, como se fôssemos apenas os dois na sala, como se não tivesse um repórter lá. — Esse não é o seu Showzinho Adam Wilde, sabe? Somos uma banda. Uma unidade, nós quatro. Ou você se esqueceu disso no seu caminho de astro sombrio?

Mike se virou para o repórter. — Quer saber sobre o ilustre Adam Wilde? Tenho alguns detalhes. Nosso rockstar aqui tem de fazer esse troço louco de vodu antes de cada show, e ele é tão estrelinha que, se você assobiar nos bastidores antes de um show, tem um surto por causa da má sorte...

— Mike, deixa disso — Liz interrompeu. — Todos os artistas têm seus rituais.

Enquanto isso, o repórter estava anotando, absorvendo tudo aquilo, até que Aldous disse diplomaticamente que todo mundo estava cansado e pediu às pessoas que se retirassem, menos a banda, e tentou obrigar Mike e eu a fazer as pazes. Mas então Mike soltou a segunda rodada de ofensas, dizendo que eu havia me tornado um babaca que queria todos os holofotes. Olhei para Liz para que viesse em minha defesa novamente, mas ela estava olhando atentamente para sua bebida. Então eu me virei para Fitzy, mas ele apenas balançou a cabeça. — Nunca achei que eu diria isso, mas cresçam vocês dois. — Então ele saiu. Olhei para Liz em súplica. Ela parecia solidária, mas cansada. — Mike, você está exagerando aqui — ela disse simplesmente. Mas então se virou para mim e balançou a cabeça. — Mas, Adam, você precisa tentar ver pela perspectiva dele. De *todos* nós. É difícil ser grande assim, especialmente quando você se afastou da gente. Entendo por que fez, mas isso não torna as coisas mais fáceis.

Todos eles estavam contra mim. Eu acenei as mãos, me rendendo. Corri para fora do bar, estranhamente quase chorando. No saguão, aquela modelo italiana chamada Rafaella, que andava com a gente, estava esperando um táxi. Ela sorriu quando me viu. Quando o táxi chegou, ela apontou com a cabeça, me convidando para entrar. E eu fui. No dia seguinte, dei entrada num hotel diferente do da banda.

A história chegou à Rollingstone.com quase imediatamente e aos tabloides alguns dias depois. Nossa gravadora surtou, assim como nossos patrocinadores; todos nos avisaram das várias complicações que teríamos se não honrássemos nossos compromissos de shows. Aldous enviou uma mediadora profissional para falar comigo e Mike. Ela foi inútil. A ideia genial dela, um legado que continua até hoje, é aquilo a que Fitzy se refere como "O Divórcio". Eu continuaria a ficar num hotel pelo resto da turnê e a banda em outro. E nossos assessores decidiram que era mais seguro manter eu e Mike separados em entrevistas, então agora os repórteres conversavam sozinhos comigo. É, essas mudanças ajudaram muito!

Quando voltei da turnê de *Collateral damage*, quase saí da banda. Saí da casa que dividia com Fitzy em Portland para o meu próprio canto. Evitava aqueles caras. Estava bravo, mas também envergonhado. Não estava certo de como, mas claramente havia arruinado tudo. Eu podia ter deixado a coisa terminar lá, mas Liz passou na minha casa uma tarde e pediu para dar uns meses para arejar e ver como a coisa ficava. — Todo mundo ficaria louco depois dos últimos anos que tivemos, especialmente com os últimos anos que você teve — ela disse, e foi o máximo que falamos de Mia. — Não estou te pedindo para fazer nada. Só estou pedindo que *não* faça e veja como se sente em alguns meses.

Daí o álbum começou a ganhar todos esses prêmios, e eu conheci Bryn e me mudei para Los Angeles, e não tive de lidar muito com eles, então acabei sendo sugado para uma segunda rodada.

Bryn é a única pessoa que sabe para quão perto do limite a turnê me empurrou e quanto eu temia essa próxima. — Deixe-os ir — é a solução dela. Ela acha que tenho algum complexo de culpa vindo das minhas origens humildes, e é por isso que não sigo carreira solo. — Olha, entendi. É difícil aceitar que você merece os aplausos, mas merece. Você escreveu todas as músicas e é por isso que tem toda essa atenção — ela me diz. — *Você* é o talento! Não só um rostinho bonito. Se fosse um filme, você seria o astro de vinte milhões de dólares e eles seriam os coadjuvantes, mas, em vez disso, vocês dividem igualmente — ela expõe. — Você não precisa deles. Especialmente com a chateação que eles te dão.

Mas não é questão de grana. Nunca foi. E a carreira solo não me parece uma solução. Seria sair da frigideira direto para o fogo. E eu ainda teria de lidar com turnês. Pensar nisso já me deixava fisicamente doente.

— Por que não liga para o dr. Weisbluth? — Bryn sugeriu no telefone de Toronto, onde estava terminando seu último filme. Weisbluth, o médico que a gravadora me arrumou alguns meses antes. — Veja se ele pode te dar algo um pouco mais forte. E, quando você voltar, precisamos sentar com Brooke e conversar seriamente sobre uma carreira solo. Mas você *tem* de fazer essa turnê. Do contrário, vai arruinar sua reputação.

Há coisas piores do que arruinar a reputação, não há? Era o que eu pensava. Mas eu não disse isso. Apenas liguei para o médico, consegui mais receitas e me preparei para a turnê. Acho que Bryn entendeu, como eu entendi, como todo mundo que me conhecia entendia, que, apesar de reputação de bad boy, Adam Wilde faz o que mandam.

DOZE

Há um pedaço de chumbo no meu coração
O médico desaconselha uma operação
Melhor deixar tudo como está
O corpo se acostuma, um milagre se faz
Quem dera eu passasse no detector de metais[6]
"Bullet"
Collateral damage, faixa 12

Mia não me diz qual é o próximo destino. Diz que é porque essa é sua turnê secreta de Nova York, deve ser segredo, e ela segue para me levar para fora de Port Authority, até um aglomerado de túneis subterrâneos.

E eu a sigo. Mesmo que eu não goste de segredos. Mesmo que pense que Mia e eu já tenhamos segredos *suficientes* entre nós dois nesse ponto, e mesmo que o metrô seja como o ápice de meus medos. Lugares fechados. Muita gente. Sem escapatória. Eu meio que menciono isso para ela, mas ela devolve o que eu disse antes no boliche, sobre contexto. — Quem vai esperar que Adam Wilde esteja no metrô às três da manhã? Sem uma comitiva? — Ela me dá um sorriso de brincadeira. — Além do mais, o metrô deve estar morto a esta hora. E em Nova York eu sempre pego o trem.

---

[6] *There's a piece of lead where my heart should beat*
Doctor said too dangerous to take out
You'd better just leave it be
Body grew back around it, a miracle, praise be
Now, if only I could get through airport security

Quando chegamos à estação de metrô Times Square, o lugar está tão lotado que parece ser cinco da tarde de uma quinta. Meu sinal de alerta começa a tocar. Ainda mais quando chegamos à movimentada plataforma. Eu paraliso e recuo até uma das colunas. Mia me dá um olhar. — Isso é má ideia — eu murmuro, mas minhas preocupações são afogadas pelo trem que surge.

— Os trens não passam com tanta frequência durante a noite, então deve ser esse o motivo de tanta gente — Mia grita mais alto que as conversas. — Mas aí vem um, olha, está tudo bem.

Quando entramos no vagão, nós dois percebemos que Mia estava errada. Ele estava cheio de gente. Gente bêbada.

Sinto meus olhos coçarem. Sei que estou sem pílulas, mas preciso de um cigarro. *Agora*, eu busco no meu maço.

— Não pode fumar no trem — Mia cochicha.

— Preciso.

— É ilegal.

— Não me importo. Se eu for preso, pelo menos estarei na segurança da custódia da polícia.

De repente, ela explode. — Se o propósito não é chamar a atenção para si mesmo, não acha que talvez acender um cigarro seja impróprio? — Ela me empurra para um canto. — Está tudo bem — ela sussurra, e eu espero que ela acaricie meu pescoço como costumava fazer quando eu ficava tenso. — Vamos apenas ficar aqui. Se não esvaziar na rua Trinta e Quatro, nós saímos.

Na Trinta e Quatro, um bando de gente sai e eu me sinto um pouco melhor. Na Quarenta, mais pessoas desembarcam. Mas de repente, no Canal, nosso vagão se enche de um grupo de *hipsters*. Eu me encaixo bem no final do trem, perto da cabine do condutor, assim dou as costas para os passageiros.

É difícil para a maioria das pessoas entender quão surtado eu fico com grandes multidões em pequenos espaços fechados. Acho que seria difícil para eu entender isso três anos atrás. Mas o que nunca me esqueço é daquela experiência que tive numa pequena loja de discos em Minneapolis, quando um cara me reconheceu e gritou meu nome, e foi como assistir a pipocas estourarem em óleo quente: primeiro veio um, depois outro, daí uma explosão deles, e de repente se tornaram uma multidão, me cercando, me agarrando. Eu não conseguia respirar. Não conseguia me mexer.

É um saco porque eu gosto dos fãs quando os encontro individualmente, gosto, sim. Mas coloque alguns deles juntos, e esse instinto de enxame toma conta, e eles parecem esquecer que você é um simples mortal: de carne e osso, que pode se ferir e se assustar.

Mas estamos bem no cantinho. Até eu cometer o erro fatal de olhar sobre meu ombro para me certificar de que ninguém está me olhando. E, naquele quarto de segundo, acontece. Eu capto o olhar de alguém. Eu sinto o reconhecimento se acender como um fósforo. E quase posso sentir o cheiro de fósforo no ar. Então tudo parece acontecer em câmera lenta. Primeiro eu ouço. Fica estranhamente silencioso. Então há um zumbido baixo com a notícia se espalhando. Escuto meu nome, e cochichos seguem pelo trem barulhento. Vejo cotoveladas. Gente buscando o celular, bolsas seguradas, forças reunidas, pernas se mexendo. Nada disso leva mais tempo do que alguns segundos, mas é sempre agonizante, como os momentos em que um soco é desferido, mas ainda não acertou. Um cara de barba está se preparando para sair do banco, abrir a boca para chamar meu nome. Sei que ele não quer fazer mal, mas, quando ele me chamar, o trem todo vai cair em cima de mim. Trinta segundos até a coisa pegar fogo.

Agarro o braço de Mia e puxo.

— Ai!

Abro a porta entre os vagões do metrô e passo para o próximo.

— O que está fazendo? — ela diz, debatendo-se atrás de mim.

Não dou ouvidos. Eu a puxo para o outro vagão, então outro, até o trem parar numa estação, e eu a carrego para fora do trem, para uma plataforma, subindo a escada, dois degraus de cada vez, alguma parte do meu cérebro me alertando vagamente de que estou sendo bruto demais, mas a outra parte não dá a mínima. Quando saímos na rua, eu a puxo por alguns quarteirões até ter certeza de que ninguém nos segue. Então eu paro.

— Está *tentando* nos matar? — ela grita.

Sinto uma pontada de culpa. Mas jogo a culpa de volta para ela.

— Bom, e quanto a você? Está tentando me fazer ser atacado pela multidão?

Eu abaixo o olhar e percebo que ainda estou segurando a mão dela. Mia também olha. Eu solto.

— Que multidão, Adam? — ela pergunta suavemente.

Está falando comigo como se eu fosse louco. Assim como Aldous fala comigo quando eu tenho um dos ataques de pânico. Mas pelo menos Aldous nunca me acusaria de fantasiar um ataque de fãs. Ele já viu acontecer várias vezes.

— Eu fui reconhecido lá — murmuro, afastando-me dela.

Mia hesita por um segundo, então caminha para me acompanhar.

— Ninguém sabia que era você.

A ignorância dela — o *luxo* da ignorância!

— O vagão inteiro sabia que era eu.

— Do que está falando, Adam?

— *Do que estou falando?* Estou falando de ter fotógrafos acampados na porta da minha casa. Estou falando de não poder sair para comprar discos há quase dois anos. Estou falando de não poder passear sem me sentir como um cervo num dia de caça. Estou falando sobre toda vez que tenho uma gripe e um tabloide dar como se fosse vício em cocaína.

Olho para ela nas sombras da cidade fechada, seu cabelo caindo sobre o rosto, e posso vê-la tentando descobrir se eu pirei. E tenho de lutar com a vontade de pegá-la pelos ombros e batê-la contra um prédio até sentirmos as vibrações passando por nós. Porque de repente eu quero ouvir seus ossos chacoalharem. Quero sentir a maciez de sua pele ceder, ouvi-la perder o ar com meus quadris batendo nela. Quero puxar a cabeça dela até seu pescoço ficar exposto. Quero passar minhas mãos pelo cabelo dela até que sua respiração fique difícil. E quero fazê-la chorar e lamber as lágrimas dela. Então quero levar minha boca à dela, devorá-la viva, transmitir todas as coisas que ela não pode entender.

— Isso é bobagem! Para onde está me levando, afinal? — A adrenalina circulando em mim transforma minha voz num rosnado.

Mia parece assustada. — Eu te disse, estou te levando para minha caça secreta de Nova York.

— É, bem, estou um pouco cansado de segredos. Importa-se de me dizer para onde estamos indo? É demais pedir isso, porra?

— Jesus, Adam, quando você se tornou esse...

— Egomaníaco? Babaca? Narcisista? Eu podia preencher o branco com um milhão de palavras. Todas foram ditas antes.

— ... cara? — Mia termina.

Por um segundo eu quase rio. *Cara*? É o melhor que ela tem? Isso me lembra de uma história que meus pais me contaram, sobre como quando eu era moleque ficava bravo e tão irritado que xingava todo mundo dizendo: “Seu... seu... *pistão!*”, como se fosse a pior palavra do mundo.

Mas então me lembro de outra coisa, uma velha conversa que Mia e eu tivemos tarde da noite. Ela e Kim tinham esse hábito de separar tudo em categorias opostas, e Mia estava sempre anunciando uma nova. Um dia ela me disse que decidiram que meu gênero era dividido em duas pilhas certinhas: homens e caras. Basicamente todos os santos do mundo: homens. Os idiotas, os jogadores, os aficionados de concursos de bumbum? Eram os caras. Naquela época, eu era um homem.

Então sou um cara agora? Um cara! Eu permito que minha mágoa transpareça por meio segundo. Mia está olhando para mim confusa, mas sem se lembrar de nada.

Quem quer que diga que o passado não está morto voltou no tempo. É o futuro que já está morto, já acabado. Essa coisa toda foi um engano. Não vai me deixar rebobinar. Ou desfazer os erros que cometi. Ou as promessas que fiz. Ou tê-la de volta. Ou ter a mim mesmo de volta.

Algo mudou no rosto de Mia. Algum tipo de reconhecimento se estabeleceu. Porque ela está se autoexplicando, que ela me chamou de cara porque os caras sempre precisam saber do plano, as direções, e que ela está me levando para a Staten Island Ferry, que não é realmente um segredo, mas algo que poucos moradores de Manhattan fazem, o que é uma vergonha, porque tem essa visão incrível da Estátua da Liberdade e, além disso, a balsa é grátis, e nada em Nova York é de graça, mas, se estou preocupado com as multidões, podemos esquecer, mas também podemos apenas dar uma olhada e, se não estiver vazio — e ela está bem certa de que vai estar a esta hora da noite —, podemos então partir.

E não tenho ideia se ela se lembrou da conversa sobre a distinção entre homem/cara ou não, mas não importa mais. Porque ela está certa. Eu *sou* um cara agora. Posso identificar exatamente a noite em que me transformei em um.

TREZE

As *groupies* começaram a aparecer imediatamente. Ou talvez elas sempre tenham estado lá, e eu apenas não havia notado. Mas, logo que comecei a fazer turnê, elas vieram zumbindo como beija-flores colocando seus bicos nas flores de primavera.

Um das primeiras coisas que fizemos depois que assinamos com a gravadora foi contratar Aldous para ser nosso empresário. *Collateral damage* estava programado para sair em setembro, e a gravadora planejou uma turnê modesta para o fim do outono, mas Aldous tinha ideias diferentes.

— Vocês precisam atravessar o mar de novo — Aldous disse quando terminamos de mixar o álbum. — Vocês precisam voltar para a estrada.

Então, logo que o CD saiu, Aldous nos reservou uma série de datas por toda a Costa Oeste, em clubes em que já havíamos tocado, para nos reconectar com nossos fãs — ou para lembrar a eles que ainda existíamos — e para ficarmos confortáveis tocando na frente da plateia novamente.

A gravadora nos alugou uma bela van Econoline, incrementada com uma cama nos fundos, e um trailer para levar nosso equipamento, mas, tirando isso, quando saímos, não parecia diferente dos shows que sempre fazíamos.

Foi completamente diferente.

Por um motivo, "Animate" estava estourando como single. Mesmo durante as duas semanas da turnê, a empolgação crescia e dava para sentir em cada show que tocávamos. Eles foram de cheios para lotados, e para esgotados com filas no quarteirão até bombeiros aparecendo. Tudo em questão de duas semanas.

E a energia... foi como uma explosão, como se todo mundo nos shows soubesse que estávamos lá no ápice e quisesse ser parte disso, uma parte da nossa história. Era como se estivéssemos todos juntos nesse segredo. Talvez fosse por isso que esses foram os melhores e os mais frenéticos shows de rock que fizemos — milhares de mergulhos do palco, gente gritando com as músicas, mesmo que ninguém tivesse ouvido nada das novas canções ainda. E eu me sentia muito bem, muito satisfeito, porque, mesmo que fosse questão de pura sorte que as coisas tivessem rolado dessa forma, *eu* não havia terminado com a banda afinal.

As *groupies* pareciam parte dessa onda de energia, essa onda crescente de estrelato. Inicialmente, eu nem pensava nelas como *groupies*, porque muitas das meninas eu conhecia vagamente. Só que, se antes elas eram simpáticas, agora eram atiradas e sedutoras. Depois de um dos nossos shows em São Francisco, essa *hipster* chamada Vivi, que eu conhecia já fazia alguns anos, veio aos bastidores. Ela tinha cabelo preto lustroso e braços finos cobertos com uma corrente de tatuagens. Me deu um enorme abraço e um beijo na boca. Ficou do meu lado a noite toda, com a mão no final das minhas costas.

Durante mais de um ano, eu estive muito distante desses envolvimentos. Mia e eu, bem, ela esteve no hospital, depois na reabilitação, e, mesmo que não estivesse coberta de pontos, gesso e curativos, não tinha jeito. Todas essas fantasias sobre banhos sensuais de espuma no hospital são uma piada; não há lugar *menos* excitante do que um hospital. Só o cheiro já é de putrefação — o oposto do desejo.

Quando ela voltou para casa, foi para um quarto no andar de baixo que havia sido a sala de costura da sua avó. Dormi num sofá perto, na sala. Havia quartos vagos no segundo andar, mas Mia, que ainda andava com uma bengala, não conseguia subir as escadas no começo, e eu não queria nem estar tão longe assim.

Mesmo que eu passasse cada noite com a Mia, eu nunca me mudei oficialmente do Porão do Rock, e uma noite, alguns meses depois que Mia voltou da casa de seus avós, ela sugeriu que fôssemos para lá. Após o jantar com Liz e Sarah, Mia me puxou para meu quarto. No minuto em que a porta se fechou atrás de nós, ela me empurrou, me beijou com a boca bem aberta, como se estivesse tentando me engolir inteiro. Eu fiquei meio abismado inicialmente, assustado com esse ardor repentino, preocupado com o fato de que eu poderia machucá-la, e também não queria olhar para a enorme cicatriz na sua coxa, de onde a pele havia sido tirada para o enxerto na outra perna, mesmo que ela mantivesse um curativo.

Mas, conforme ela me beijava, meu corpo começou a acordar para ela, e, com isso, minha mente se foi também. Nós nos deitamos no meu futton. Mas então, por mais certo que as coisas estivessem rolando, ela começou a chorar. Inicialmente eu não sabia o que era, porque os pequenos soluços soavam iguais aos gemidos que ela dava momentos antes. Mas logo cresceu em intensidade, algo terrível e animalesco vindo de dentro dela. Eu perguntei se a havia machucado, mas ela disse que não era isso, e pediu para eu sair do quarto. Quando ela voltou, totalmente vestida, quis ir para casa.

Ela tentou recomeçar as coisas comigo depois disso. Era uma noite de verão algumas semanas antes de ela partir para Juilliard. Seus avós saíram para visitar a tia Diane, então tínhamos a casa para nós, e Mia sugeriu que dormíssemos num dos quartos de cima, já que as escadas não eram mais um problema. Estava quente. Abrimos a janela, tiramos a colcha antiga e ficamos embaixo dos lençóis.

Eu me lembro de ficar bem alerta, dividindo uma cama com ela depois de todo esse tempo. Então, peguei um livro para mim e montei uma fileira de travesseiros para Mia apoiar a perna dela, como ela gostava de fazer de noite.

— Não estou pronta para dormir — ela disse, passando um dedo no meu braço.

Ela se inclinou para me beijar. Não era o selinho de sempre nos lábios, mas um beijo profundo e exploratório. Comecei a beijar as costas dela. Mas então me lembrei daquela noite no Porão do Rock, o som de seu lamento animal, o olhar de medo em seus olhos quando saiu do quarto. *Sem chance* que eu a mandaria para a escuridão novamente. Sem chance que *eu* voltaria para aquela escuridão.

Mas, naquela noite em São Francisco, com a mão de Vivi mexendo no final das minhas costas, eu estava entusiasmado em tentar. Passei a noite no apartamento dela, e ela veio comigo na manhã seguinte tomar café com a banda antes de sairmos para nossa próxima parada. — Me ligue da próxima vez que estiver na cidade — ela cochichou no meu ouvido quando nos separamos.

— De volta ao cavalo, meu homem — Fitzy disse, batendo mão comigo quando seguíamos com a van para o sul.

— É, parabéns — Liz falou, um pouco triste. — Só não exagere. — Sarah havia terminado recentemente a faculdade de direito e estava trabalhando para uma organização de direitos humanos. Não largava mais tudo para ser a convidada de Liz nas turnês.

— Só porque você e Mike estão amarrados, não venham chorando para nós — Fitzy disse. — Turnê é hora de brincar, certo, Wilde Man?

— Wilde Man? — Liz perguntou. — É assim que vai ser?

— Não — eu respondi.

— Ei, se a carapuça serve... — Fitzy cutucou. — Que bom que pegou com Fred Meyer a caixa de camisinhas antes de sairmos.

Em Los Angeles havia outra menina esperando. E em San Diego. Mas nada disso parecia cafajeste. Ellie, a menina de Los Angeles, era uma velha amiga, e Laina, a de San Diego, era uma estudante universitária — inteligente, sexy e mais velha. Ninguém tinha ilusões de que esses pegas iam levar a um grande romance.

Foi só no nosso penúltimo show que encontrei uma menina cujo nome eu nunca gravei. Eu a notei do palco. Ela cravou os olhos nos meus durante todo o show e não parava de olhar. Estava me deixando esquisito, mas também era excitante. Quero dizer, ela estava praticamente me despindo com o olhar. Não dava para evitar me sentir poderoso e excitado, e parecia bom ser obviamente desejado de novo.

Nossa gravadora faria uma festa para o lançamento do CD depois do show, só para convidados. Eu não esperava vê-la lá. Mas, depois de algumas horas, lá estava, caminhando para mim num traje que era meio puta, meio supermodelo: saia curtinha e botas que podiam servir de armamento militar.

Ela marchou na minha direção e anunciou numa voz nada baixa. — Vim da Inglaterra para trepar com você. — E, com isso, ela agarrou minha mão e me puxou pela porta para seu quarto de hotel.

A manhã seguinte foi desconfortável como nenhuma das manhãs havia sido. Eu caminhei com vergonha até o banheiro, me vesti rapidamente e tentei sair fora, mas ela estava lá, arrumada e pronta para sair. — O que está fazendo? — perguntei.

— Indo com você? — ela disse, como se fosse óbvio.

— Indo comigo para onde?

— Para Portland, amor.

Portland foi nosso último show e a volta para casa, já que estávamos todos morando lá agora. Não morávamos mais na comunidade Porão do Rock. Liz e Sarah arrumaram seu próprio canto. Mike estava indo morar com a namorada. E Fitzy e eu alugamos uma casa juntos. Mas estávamos todos na mesma área, e agora alugávamos o local de ensaio.

— Estamos numa van, não num ônibus de turnê — digo a ela, olhando para meu tênis. — E Portland é o último show, como uma reunião de família e amigos. Você não deveria vir. *E eu não sou seu amor.*

Ela fechou a cara e eu saí pela porta, pensando que estava resolvido. Mas, quando apareci para passar o som em Portland, ela estava lá, esperando por mim no Satyricon. Eu disse para ela ir embora, de um jeito não muito bacana. Foi algo como: *Tem um nome para isso, e se chama perseguição.* Fui um babaca, eu sei, mas estava cansado. Havia pedido para ela não ir. E estava me fazendo surtar mesmo. Não apenas ela. Quatro meninas em duas semanas estavam mexendo com minha cabeça. Eu precisava ficar sozinho.

— Cai fora, Adam. Você nem é um grande astro ainda, então pare de agir como se fosse um babaca tão importante. Você nem é tão bom assim. — Isso ela gritou na frente de todo mundo.

Então fiz os *roadies* a tirarem de lá. Ela saiu gritando insultos sobre minha proeza sexual, meu ego.

— Wilde Man de fato — Liz disse, levantando uma sobrancelha.

— É — falei, me sentindo o oposto disso, na verdade querendo fugir para meu quarto e me esconder. Eu não sabia ainda, mas, quando a verdadeira turnê começasse, aquela turnê para a qual a gravadora nos mandou depois dos shows lotados e do bando de *groupies*, tudo o que eu iria querer era me esconder. Dadas as minhas tendências de isolamento, você acharia que eu aprendi a ficar longe da afetação gratuita de uma oferta tão constante. Depois dos shows, porém, eu ansiava por contatos. Por pele: o gosto do suor de uma mulher. Se não podia ser o *dela*, bem, então qualquer uma servia... por algumas horas. Mas eu aprendi uma lição: não dormir mais junto toda noite.

Então, naquela noite em Seattle pode ter sido a primeira vez que me tornei um cara. Mas não foi a última.

QUATORZE

Uma assombração dorme ao meu lado na cama
Cochicha no meu ouvido: A morte te ama
Toma meus sonhos com ódio e sirenes passando
Me beija com ternura quando acordo gritando[7]
"Boo!"
Collateral damage, faixa 3

Vou de qualquer forma para a balsa com Mia. O que mais posso fazer? Fazer birra porque ela não manteve um catálogo atualizado de cada conversa que tivemos? *Isso se chama seguir em frente.*

E ela está certa sobre a balsa estar morta. Às quatro e meia da manhã, não há muita demanda para Staten Island. Há talvez uma dúzia de gente espalhada no convés de baixo. Um trio de errantes tardios está jogado num banco, conversando sobre a noite, mas, quando passamos por eles, uma das meninas levanta a cabeça e olha para mim. Então, pergunta aos amigos: — Cara, é o Adam Wilde? — O amigo ri. — É. — E ao lado dele está a Britney Spears. Por que cargas-d'água Adam Wilde estaria na balsa de Staten Island?

Eu mesmo estou me fazendo essa pergunta.

Mas aparentemente esta é uma das coisas da Mia, e essa é a turnê dela "adeus a Nova York mesmo que eu não esteja realmente indo embora". Então eu a sigo até a proa do barco, perto do corrimão.

---

[7] *The boogeyman sleeps on your side of the bed*
Whispers in my ear: "Better off dead"
Fills my dreams with sirens and lights of regret
Kisses me gently when I wake up in a sweat

Enquanto saímos de Nova York, a linha do horizonte recua atrás de nós e o Rio Hudson se abre de um lado ao outro. Está tranquilo aqui na água, silencioso, exceto por um par de gaivotas esperançosas em nosso rastro, grasnando por comida, acho, ou talvez apenas por alguma companhia durante a noite. Eu começo a relaxar, apesar de tudo.

E, após alguns minutos, estamos perto da Estátua da Liberdade. Ela é toda iluminada de noite, e sua tocha também está iluminada, como se houvesse realmente uma chama lá, recebendo as massas reunidas. *Olá, lady, aqui estou.*

Nunca estive na Estátua da Liberdade. Muita gente. Aldous uma vez me convidou para fazer uma turnê particular de helicóptero, mas não entro nesses liquidificadores. Mas, agora que ela está aqui, posso ver por que isso está na lista da Mia. Nas fotos, a estátua sempre parece meio soturna, determinada. De perto ela é mais suave. Tem um olhar como se soubesse de algo que você não sabe.

— Você está sorrindo — Mia diz para mim.

E eu percebo que estou. Talvez seja por aceitar fazer algo especial, algo que achei que fosse impossível. Ou talvez o olhar da estátua seja contagioso.

— É legal — Mia diz. — Não vejo há um tempo.

— Engraçado — respondo. — Porque eu apenas estava pensando nela. — Aponto para a estátua. — É como se ela tivesse algum tipo de segredo. O segredo da vida.

Mia levanta o olhar. — É. Entendo o que quer dizer.

Eu sopro ar dos meus lábios. — *Eu* realmente faria bom uso desse segredo.

Mia vira a cabeça por sobre o corrimão. — É? Então pergunte a ela.

— Perguntar a ela?

— Ela está bem aí. Não tem ninguém aqui. Nenhum turista se arrastando ao redor dos pés dela como formiguinha. Pergunte a ela o segredo.

— Não vou perguntar a ela.

— Quer que eu faça isso? Eu faço, mas a pergunta é sua, então acho que você devia fazer as honras.

— Você se acostumou a conversar com estátuas?

— Sim. E pombos. Vai perguntar?

Olho para Mia. Ela está com os braços cruzados sobre o peito, um pouco impaciente. Eu volto ao corrimão. — Hum, Estátua? Hum, Estátua da Liberdade? — eu chamo baixinho. Não há ninguém ao redor. Mesmo assim é bem vergonhoso.

— Mais alto — Mia estimula.

Que diabos. — Ei, desculpe — eu chamo. — Qual é o seu segredo?

Nós dois olhamos para a água, como se esperássemos que uma resposta viesse.

— O que ela disse? — Mia pergunta.

— Liberdade.

— Liberdade — Mia repete, assentindo em concordância. — Não, espere, acho que há mais. Espere aí. — Ela se inclina sobre o corrimão, arregalando os olhos. — *Humm, hummm.* Aha. — Ela se vira para mim. — Aparentemente, ela não está usando lingerie embaixo do roupão, e a brisa da baía produz um certo *frisson.*

— Lady Liberdade peladona por baixo — eu digo. — Isso é tão francês!

Mia desmonta. — Acha que ela dá uma mostradinha para os turistas?

— Sem chance! Por que acha que ela tem esse olharzinho particular no rosto? Todos esses puritanos republicanos vêm de barco, sem nunca suspeitar que a Velha Liber não usa calcinha. Provavelmente ela faz depilação à brasileira.

— Tá, preciso perder esse visual — Mia resmunga. — E posso te lembrar que somos de um Estado republicano?

— O Oregon é um Estado dividido — respondo. — Trabalhadores rurais para o leste, hippies para o oeste.

— Falando em hippies e não usar calcinha...

— Ai, não. Essa é uma imagem de que eu não preciso mesmo.

— Dia da Liberação Mamária! — Mia canta, referindo-se a um resquício dos anos sessenta em nossa cidade. Uma vez por ano, um bando de mulheres passava o dia de topless para protestar contra a falta de igualdade; é legal para homens tirarem a camisa, mas não para as mulheres. Elas fazem isso no verão, mas o Oregon sendo o Oregon, na maior parte do tempo ainda está congelante, então há um monte de pele envelhecida enrugada. A mãe de Mia sempre ameaçou marchar: seu pai sempre a subornou com um jantar num restaurante chique para ela não fazer isso.

— Tire seu Moralismo do Meu Peito — Mia diz, citando um dos slogans mais ridículos do movimento entre ataques de riso. Isso não faz sentido se você está mostrando seus seios de sutiã.

— Sentido? É a ideia de algum hippie chapado. E você está buscando lógica?

— Dia da Liberação Mamária — Mia diz, esfregando as lágrimas. — O bom e velho Oregon! Isso foi há uma eternidade.

Foi sim. Então a observação não deveria parecer um tapa. Mas parece. — Por que é que você nunca voltou? — eu pergunto. Não é realmente o abandono do Oregon que eu quero que seja explicado, mas parece mais seguro me esconder sobre o grande cobertor verde de nosso Estado.

— Por que eu deveria? — Mia pergunta, mantendo seu olhar fixo na água.

— Não sei. As pessoas de lá.

— As pessoas de lá vêm aqui.

— Para visitá-la. Então sua família. No... — *Ai, merda, o que estou dizendo?*

— Quer dizer os túmulos?

Eu apenas concordo.

— Na verdade, eles são a razão para eu não voltar.

Eu concordo. — É doloroso demais.

Mia ri. Uma risada real e genuína. Um som acima do que eu esperava como um alarme de carro numa floresta tropical. — Não, não é nada assim — ela balança a cabeça. — Você acha sinceramente que onde você está enterrado tem qualquer relação com onde seu espírito vive?

Onde seu espírito vive?

— Quer saber onde os espíritos da minha família vivem?

Eu de repente me sinto como se estivesse conversando com um espírito. O fantasma da Mia racional.

— Estão aqui — ela diz, batendo no peito. — E aqui — ela completa, cutucando as têmporas. — Eu os ouço o tempo todo.

Não tenho ideia do que dizer. Não estávamos tirando sarro dos tipos hippies New Age em nossa cidade minutos atrás?

Mas Mia não está mais brincando. Ela se fecha profundamente e se afasta. — Não se preocupe.

— Não, sinto muito.

— Não. Eu entendo. Pareço uma Rainbow Warrior. Uma maluca. Da Turma do Pernalonga.

— Na verdade, parece sua avó.

Ela olha para mim. — Se eu te disser, você vai chamar os caras da camisa de força.

— Deixei o telefone no hotel.

— Certo.

— Além disso, estamos num barco.

— Boa observação.

— E, se por acaso eles aparecerem, eu apenas me entrego. Então, o que eles fazem, tipo, te assombram?

Ela respira fundo e seus ombros caem como se estivessem carregando uma carga pesada. Faz sinal para eu ir com ela a um dos bancos vazios. Eu me sento ao seu lado.

— Assombrar não é o termo correto para isso. Assombrar faz soar mal, indesejado. Mas eu os escuto. O tempo todo.

— Ah.

— Não apenas as vozes deles, mas a lembrança deles, ela continua. Posso ouvi-los. Posso ouvi-los falando comigo. Tipo agora. Em tempo real. Sobre minha vida.

Devo ter dado um olhar estranho, porque ela cora. — Eu sei. Eu ouço gente morta. Mas não é bem *assim.* Tipo, lembra daquela louca sem-teto que costumava perambular pelo campus da faculdade alegando que ouvia vozes de seu carrinho de compras? — Eu assinto. Mia para por um minuto.

— Pelo menos eu não *acho* que seja assim — ela diz. — Talvez seja. Talvez eu seja pinel e não pense que sou porque as pessoas loucas nunca acham que são loucas, certo? Mas eu realmente os escuto. Seja isso algum tipo de força de anjos, como a vovó acredita, e eles estão em algum lugar em linha direta comigo, seja apenas eles que eu armazenei dentro de mim, não sei. E não sei se importa. O que importa é que eles estão comigo. O tempo todo. E eu *sei* que pareço uma louca, murmurando para mim mesma algumas vezes, mas só estou falando com minha mãe sobre qual saia comprar ou com o papai sobre um recital com que estou nervosa ou com o Teddy sobre um filme que vi.

— E posso ouvi-los respondendo. Como se eles estivessem no mesmo lugar comigo. Como se nunca tivessem ido embora. E isso é o que é realmente estranho: eu não podia escutá-los no Oregon. Depois do acidente, foi como se as vozes deles estivessem sumindo. Achei que iria perder totalmente a habilidade de me lembrar de como eles falavam. Mas, quando saí de lá, pude ouvi-los o tempo todo. Por isso que não quero voltar. Bem, é uma das razões. Tenho medo de perder a conexão, por assim dizer.

— Pode ouvi-los agora?

Ela faz uma pausa, escuta, então assente.

— O que eles estão dizendo?

— Estão dizendo que é tão bom vê-lo, Adam.

Sei que ela está brincando, mas a ideia de que eles podem me ver, estar atualizados sobre mim, saber o que fiz nesses últimos três anos, isso me faz de fato estremecer na noite quente.

Mia me vê estremecer, abaixa o olhar. — Sei que é loucura. É por isso que nunca contei a ninguém. Não para o Ernesto. Nem para a Kim.

Não, quero dizer a ela. *Você entendeu errado. Não é nenhuma loucura.* Penso em todas essas vozes que ecoam ao redor da minha cabeça, vozes que estou bem certo que são apenas versões mais velhas, ou mais jovens, ou apenas versões *melhores* de mim. Nos piores momentos — quando as coisas estavam bem negras — em que eu tentei *invocá-la*, fazer com que *ela* respondesse de volta, nunca funcionou. Só ouvia a mim mesmo. Se eu quiser a voz dela, tenho de recorrer a lembranças. Pelo menos tenho muitas dessas.

Não consigo imaginar como seria ter a companhia dela na minha cabeça — o conforto que traria. Saber que ela estava com *eles* esse tempo todo, isso me deixa feliz. Também me faz entender por que, de nós dois, é ela quem parece a sã.

— E posso [illegible] entendo. [illegible]

[illegible]

[illegible] pode ser [illegible] por isso [illegible]

— [illegible]

— [illegible] então escute.

— O que eles estão dizendo?

— Estão dizendo que [illegible] Adam.

Sei que ele está brincando, mas a ideia de que eles poderiam [illegible] sobre o que nós [illegible] nesses últimos [illegible] me faz [illegible]

[illegible] — Sei que [illegible]

que nunca contei a ninguém. Nem para o Ernesto. Nem [illegible]

— Não, quero dizer a eles. [illegible]

[illegible] todas essas coisas que [illegible]

[illegible] não estou bem certa de que [illegible]

[illegible] de mim, [illegible]

[illegible] quando as coisas estavam bem negras — [illegible] que eu [illegible]

[illegible]

[illegible]

[illegible] Pelo menos [illegible] dessas.

[illegible]

[illegible]

[illegible]

[illegible]

QUINZE

Estou bem certo de que quando bebês nascem no Oregon eles deixam o hospital com certidões de nascimento e minúsculos sacos de dormir. Todo mundo naquele Estado acampa. Os hippies e os trabalhadores rurais. Os caçadores e os amantes da natureza. Gente rica. Gente pobre. Até roqueiros. *Especialmente* roqueiros. Nossa banda aprimorou a arte de acampamentos punk rock jogando lixo na van, decidindo de uma hora para outra e apenas saindo para as montanhas, onde bebíamos cerveja, fazíamos a comida, tocávamos ao redor da fogueira e dormíamos sob o céu aberto. Às vezes, em turnê, lá nos tempos das vacas magras, nós até acampávamos como uma alternativa para não cair em outro porão do rock lotado e infestado de baratas.

Não sei se é porque, não importa onde você more, a natureza nunca está longe, mas realmente parece que todo mundo no Oregon acampa.

Todo mundo, é claro, exceto Mia Hall.

— Durmo em camas — foi o que Mia me disse da primeira vez que eu a convidei para acampar no fim de semana. Me ofereci para levar um desses colchões infláveis, mas ela ainda recusou. Kat havia me ouvido tentar convencer Mia e riu.

— Boa sorte aí, Adam — ela disse. — Denny e eu levamos Mia para acampar quando ela era bebê. Planejamos passar uma semana na praia, mas ela gritou por dois dias seguidos e voltamos para casa. Ela é alérgica a acampamentos.

— É verdade — Mia concordou.

— Eu vou — Teddy se ofereceu. — Eu só acampo no quintal.

— Vovô leva você para sair todo mês — Denny respondeu. — E eu te levo. Você só não acampa com todos nós como uma *família*. — Ele deu a Mia um olhar. Ela apenas revirou os olhos para ele.

Então fiquei chocado quando Mia concordou em ir acampar. Foi no verão antes do último ano dela no colégio e meu primeiro na faculdade, e mal estávamos nos vendo. As coisas com a banda começaram de fato a esquentar, então eu estive em turnê por grande parte daquele verão, e Mia estava longe, visitando parentes. Ela devia estar com saudade mesmo de mim. Foi a única explicação que pude imaginar para ela topar.

Eu sabia bem que não podia confiar no modelo punk rock de acampamento. Então peguei uma barraca emprestada. E uma dessas coisas de espuma para dormir. E levei uma bolsa térmica cheia de comida. Queria que tudo fosse legal, apesar de que, para ser honesto, eu não estava bem certo por que Mia era tão avessa a acampar, para começo de conversa — ela não era uma menina metida, nem de longe; era uma menina que gostava de jogar basquete à meia-noite —, então eu não tinha ideia se todo o conforto iria ajudar.

Quando fui buscá-la, sua família toda veio para nos ver sair, como se estivéssemos indo para uma viagem cruzando o país em vez de um passeio de vinte e quatro horas. Kat acenou para mim.

— O que você pegou de comida? — ela perguntou.

— Sanduíches. Fruta. Para esta noite, hambúrguer, feijão assado, marshmallows. Estou me esforçando para ser uma autêntica experiência de acampamento.

Kat assentiu, bem séria. — Bom, apesar de que talvez você queira dar os marshmallows primeiro, se ela ficar ranzinza. Além disso, eu também estou mandando algumas provisões. Ela me passou um Ziploc de meio galão. — Em caso de emergência, quebre o vidro.

— Que troço é esse?

— Um pouco de tudo. Bala, chiclete, pirulito. Se ela ficar muito chata, dê a ela essa porcaria. Desde que seja rico em açúcar, você e a vida selvagem devem ficar seguros.

— Bom, valeu.

Kat balançou a cabeça. — Você é mais corajoso do que eu. Boa sorte.

— É, você vai precisar — Denny respondeu. Então ele e Kat fixaram os olhos por um segundo e começaram a rir.

Havia vários ótimos lugares para acampar dirigindo durante uma hora, mas eu queria ir a algum lugar um pouco mais especial, então fomos para bem perto das montanhas, uma velha estradinha de lenhador a que eu havia ido quando criança. Quando paramos, numa trilha de terra, Mia perguntou: — Onde está o camping?

— Campings são para turistas. Nós acampamos livremente.

— Acampar livremente? — a voz dela se elevou, alarmada.

— Relaxe, Mia. Meu pai costumava cortar lenha aqui. Conheço essas estradas. E, se está preocupada com chuveiros e tudo o mais...

— Não me importo com chuveiros.

— Que bom, porque temos nossa própria piscina particular — desligo o carro e mostro a Mia o lugar. É bem ao lado do rio, onde uma pequena baía de água se juntava calma e cristalina. A vista em todas as direções era imperturbável, nada além de pinheiros e montanhas, como um cartão-postal gigante anunciando OREGON!

— É lindo — Mia admitiu, ranzinza.

— Espere até você ver a vista do topo do abismo. Pronta para uma caminhada?

Mia assentiu. Eu peguei alguns sanduíches, água, dois potes com melancia, o Um Pouco de Tudo e segui pela trilha. Passeamos por um tempo, lemos livros debaixo de uma árvore. Quando descemos de volta, já estava escurecendo.

— É melhor eu montar a barraca — disse.

— Precisa de ajuda?

— Não. Você é a convidada. Relaxe. Leia seu livro ou sei lá.

— Você é que manda...

Joguei a barraca emprestada no chão e comecei a prender os mastros. Só que a barraca era uma dessas bem modernas, em que todos os postes estão numa peça gigante de quebra-cabeça, não como as barracas simples que cresci montando. Depois de meia hora, eu ainda estava lutando com ela. O sol descia atrás das montanhas e Mia largou o livro. Estava me observando, com um sorrisinho estampado no rosto.

— Está curtindo? — perguntei, transpirando no frio da noite.

— Com certeza. Se eu soubesse que seria assim, teria concordado anos atrás.

— Fico feliz que ache tão divertido.

— Ah, acho, sim. Mas você tem certeza de que não quer ajuda? Vai precisar que eu segure uma lanterna se isso demorar muito mais tempo.

Eu suspirei. Estiquei minhas mãos, derrotado. — Estou sendo vencido por um artigo esportivo.

— Seu oponente traz instruções?

— Provavelmente trazia em algum ponto.

Ela balançou a cabeça, ficou de pé, pegou o topo da barraca. — Tá, você pega isto aqui. Eu faço esta ponta. Acho que a parte longa se prende sobre o topo aqui.

Dez minutos depois tínhamos a barraca montada e presa. Peguei algumas rochas e gravetos para a fogueira e acendi com a lenha que eu havia trazido. Grelhei hambúrgueres numa frigideira sobre o fogo e cozinhei feijões direto na lata.

— Estou impressionada — Mia disse.

— Então, gosta de acampar?

— Não disse isso — mas ela estava sorrindo.

Foi só depois que jantamos e comemos marshmallows, lavamos a louça no rio iluminado pela lua e eu toquei um pouco de guitarra ao redor da lareira, enquanto Mia bebericava chá e mastigava um pacote de balinhas Starburst, que eu finalmente entendi o problema dela com acampamento.

Talvez fossem dez da noite, mas em horário de acampamento eram como duas da manhã. Entramos na nossa barraca, nos aninhamos no saco de dormir duplo. Eu puxei Mia para perto de mim. — Quer saber a melhor parte de acampar?

Eu senti o corpo todo dela endurecendo — e não de uma forma boa. — O que foi isso? — ela cochichou.

— O que foi o quê?

— Ouvi algo — ela disse.

— Provavelmente foi só um animal.

Ela ligou a lanterna. — Como você sabe?

Peguei a lanterna e a iluminei. Seus olhos estavam arregalados. — Está assustada?

Ela olhou para baixo e francamente fez que sim com a cabeça.

— A única coisa com que precisa se preocupar é com ursos, e eles só estão interessados em comida, motivo pelo qual colocamos tudo no carro — eu assegurei.

— Não estou com medo de ursos — Mia disse, com desdém.

— Então o que é?

— Eu, eu me sinto um alvo sentada aqui.

— Alvo para quem?

— Não sei, gente com armas. Todos esses caçadores.

— Isso é ridículo. Metade do Oregon caça. Minha família toda caça. Eles caçam animais, não quem está acampando.

— Eu sei — ela disse numa voz fraca. — Não é bem isso também. Eu só me sinto... sem defesa. É só que, não sei, o mundo parece grande quando você está ao ar livre. É como se você não tivesse um lugar que pudesse chamar de lar.

— Seu lugar é aqui — eu cochichei, fazendo-a se deitar e abraçando-a firme.

Ela se aninhou comigo. — Eu sei — Mia disse baixinho. — Que surtada! A neta de um biólogo aposentado do Serviço Florestal que tem medo de acampar.

— Isso é só a metade. Você é uma violoncelista clássica cujos pais são velhos punks. Você é uma surtada *completa.* Mas é *minha* surtada.

Ficamos em silêncio por um tempo. Mia apagou a lanterna e se aninhou mais perto de mim. — Você caçava quando criança? — ela cochichou. — Nunca ouvi você mencionar isso.

— Eu costumava sair com meu pai — murmurei de volta. Mesmo que fôssemos as únicas pessoas em quilômetros, algo ligado à noite exigia que falássemos em tons abafados. — Ele sempre disse que quando eu fizesse doze anos ganharia um rifle de aniversário e ele me ensinaria a atirar. Mas, quando eu tinha nove anos, saí com meus primos mais velhos e um deles me emprestou o rifle. E eu devo ter tido sorte de principiante, ou sei lá, porque atirei num coelho. Meus primos ficaram todos loucos. Coelhos são pequenos e rápidos, difíceis até para caçadores experientes matarem, e eu acertei um de primeira.

Eles foram pegá-lo para que pudéssemos trazer de volta e mostrar para todo mundo, e talvez empalhar como troféu. Mas, quando eu o vi, cheio de sangue, comecei a chorar. Então comecei a gritar que tínhamos de levá-lo a um veterinário, mas claro que ele estava morto. Eu não os deixei trazer de volta. Eu os fiz enterrá-lo na floresta. Quando meu pai ouviu tudo aquilo, ele me disse que o sentido de caçar era aproveitar o animal, seja comendo-o ou pegando a pele ou alguma coisa, do contrário era o desperdício de uma vida. Mas acho que ele percebeu que eu não era feito para isso, porque, quando fiz doze anos, não ganhei um rifle, ganhei uma guitarra.

— Você nunca tinha me contado isso.

— Acho que eu não queria estragar minha credibilidade de punk.

— Acho que isso é que a fortalece.

— Nah. Mas sou emocore até o osso, então funciona.

Um silêncio caloroso permaneceu na barraca. Lá fora, só se ouvia o canto de uma coruja na noite. Mia me acotovelou nas costelas. — Você é tão molengão.

— Isso vindo de uma garota que tem medo de acampar...

Ela riu. Eu a puxei para mais perto de mim, querendo diminuir a distância entre nossos corpos. Tirei o cabelo de seu pescoço e aninhei meu rosto lá. — Agora você me deve uma história embaraçosa da sua infância — murmurei no ouvido dela.

— Todas as minhas histórias embaraçosas ainda estão acontecendo — ela respondeu.

— Deve haver uma que eu não conheço.

Ela ficou em silêncio por um tempo. Então disse: — Borboletas.

— Borboletas?

— Eu morria de medo de borboletas.

— O que você tem contra a natureza?

Ela tremeu com uma risada silenciosa. — Eu sei — ela disse. — E pode ter uma criatura menos ameaçadora do que uma borboleta? Elas só vivem, tipo, duas semanas. Mas eu costumava surtar toda vez que via uma. Meus pais fizeram tudo o que puderam para eu perder o medo: me compraram livros sobre borboletas, roupas com borboletas, montaram pôsteres de borboletas no meu quarto. Mas nada funcionava.

— Você foi atacada por uma gangue de monarcas? — perguntei.

— Não — ela disse. — Vovó tinha esta teoria por trás da minha fobia. Ela disse que era porque um dia eu iria passar por uma metamorfose como uma lagarta transformando-se numa borboleta, e isso me assusta, então borboletas me assustam.

— Isso parece mesmo com sua avó. Como você superou seu medo?

— Não sei. Apenas decidi não ficar mais assustada com elas e um dia o medo acabou.

— Finja até conseguir.

— Algo assim.

— Você podia tentar isso com acampamentos.

— Eu preciso?

— Nah, mas fiquei feliz que veio.

Ela se virou para me olhar. Estava um breu na barraca, mas eu podia ver os olhos dela brilhando. — Eu também. Mas precisamos dormir? Não podemos ficar assim um tempinho?

— A noite inteira, se quiser. Vamos contar nossos segredos no escuro.

— Tá.

— Então vamos ouvir outro de nossos medos irracionais.

Mia me pegou pelo braço e se empurrou para meu peito, como se estivesse enterrando seu corpo no meu. — Tenho medo de perder você — ela disse com a voz mais fraca.

Eu a empurrei para poder ver seu rosto e beijei o topo de sua cabeça.

— Eu disse medos "irracionais", porque isso não vai acontecer.

— Ainda assim me assusta — ela murmurou. Mas então ela começou a listar coisas que a assustavam e eu fiz o mesmo, e ficamos cochichando um com o outro, contando histórias da nossa infância, até tarde da noite, até que finalmente Mia se esqueceu de ter medo e caiu no sono.

O clima ficou frio algumas semanas depois, e foi naquele inverno que Mia sofreu o acidente. Então foi de fato a última vez que acampamos. Mesmo que não fosse, ainda assim seria a melhor viagem da minha vida. Sempre que penso naquela noite, apenas me lembro de nossa barraca, um pequeno navio brilhando na noite, o som dos cochichos meus e de Mia escapando como notas musicais, flutuando num mar iluminado.

DEZESSEIS

Você cruzou a água, me deixou para trás
Me matou na praia, e queria mais
Você explodiu a ponte, como uma terrorista
Acenou do outro lado, como uma turista
Comecei a seguir e percebi tarde demais
A terra firme você deixou para trás[8]
"Bridge"
Collateral damage, faixa 4

Dedos de luz começam a abrir o céu noturno. Logo o sol nascerá e um novo dia inevitavelmente vai começar. Um dia vou partir para Londres. E Mia para Tóquio. Sinto a contagem regressiva como uma bomba-relógio.

Estamos na Brooklyn Bridge agora, e, apesar de Mia não ter dito isso especificamente, sinto que esta é a última parada. Quero dizer, estamos deixando Manhattan — e não é uma viagem de ida e volta como nosso cruzeiro para Staten Island foi. Além disso, Mia decidiu, acho, que, como ela fez algumas confissões, é minha vez agora. Cerca de meio caminho na ponte, ela para de repente e se vira para mim.

---

[8] *You crossed the water, left me ashore*
It killed me enough, but you wanted more
You blew up the bridge, a mad terrorist
Waved from your side, threw me a kiss
I started to follow but realized too late
There was nothing but air underneath your feet

— Então o que rola com você e a banda? — ela pergunta.

Há um vento frio soprando, mas no momento eu me sinto quente. — O que quer dizer com "o que rola"?

Mia dá de ombros. — Algo está pegando. Posso ver. Você mal falou deles a noite toda. Vocês costumavam ser inseparáveis, e agora nem vivem mais no mesmo Estado. E por que não foram para Londres juntos?

— Eu te disse, logística.

— O que era tão importante que eles não podiam esperar uma noite por você?

— Eu tinha de fazer umas coisas aí. Ir para o estúdio e fazer uns canais de guitarra.

Mia me olha desconfiada. — Mas você está na turnê de um novo disco. Por que está gravando?

— É a versão promocional de um dos nossos singles. Mais disso, eu digo — franzindo a testa enquanto esfrego os dedos num movimento que significa dinheiro.

— Mas vocês não gravariam juntos?

Balanço a cabeça. — Não funciona mais assim. Além disso, eu tinha de dar uma entrevista para a *Shuffle*.

— Uma entrevista? Não com a banda? Só você? É o que não entendo.

Penso de volta no dia anterior, em Vanessa LeGrande, e do nada estou me lembrando da letra de "Bridge", e me perguntando se talvez discutir sobre isso com Mia Hall sobre as águas negras do East River não seja lá uma boa ideia. Pelo menos não é mais sexta-feira treze.

— É. É meio assim que funciona hoje em dia também.

— Por que eles querem só você? O que eles querem saber?

Não quero falar mesmo sobre isso. Mas Mia é como um cão farejador, localizando algo, e a conheço bem o suficiente para saber que ou eu jogo um pedaço de carne sangrento ou deixo que ela fareje até a pilha de corpos fedendo. Eu vou para a distração.

— Na verdade, essa parte é meio interessante. A repórter perguntou sobre você.

— O *quê*? — Mia dá um giro para me encarar.

— Ela estava me entrevistando e perguntou sobre você. Sobre nós. Sobre a escola. — Esse olhar de choque no rosto de Mia, eu saboreio. Penso no que ela disse antes, sobre sua vida no Oregon ser uma vida passada. *Bem, talvez não tão passada assim!* — É a primeira vez que isso acontece. Meio como se fosse uma coincidência estranha, considerando tudo.

— Não acredito mais em coincidências.

— Não contei nada a ela, mas ela conseguiu pegar um velho anuário. Aquele com a nossa foto... a nerd e o descolado.

Mia balança a cabeça. — É, eu adorava *tanto* aquele apelido.

— Não se preocupe. Eu não disse nada. E, só para completar, destruí o gravador dela. Destruí todas as evidências.

— Não *todas* as evidências. — Ela olha para mim. — O anuário permanece. Tenho certeza de que a Kim vai amar saber que seu antigo trabalho apareceu numa revista nacional. — Mia balança a cabeça e ri. — Quando a Kim te pega nas lentes dela, você fica preso para sempre. Então foi inútil destruir o gravador da repórter.

— Eu sei. Eu perdi o controle. Ela era uma pessoa muito provocativa, e estava tentando me irritar com todos esses insultos disfarçados de elogios.

Mia assente, compreendendo. — Recebo desses também. É o pior! "Fiquei fascinada pelo Shostakovich que tocou esta noite. Tão mais sutil do que o Bach" — ela diz numa voz esnobe. — Tradução: O Shostakovich foi uma droga.

Não consigo imaginar Shostakovich sendo uma droga, mas não vou negar que temos algo em comum.

— Então, o que ela queria saber sobre mim?

— Ela tinha planos de dar um grande furo, acho, sobre o que faz a graça da Shooting Star. E foi revirar nossa cidade e falou com gente da nossa escola, e contaram a ela sobre nós... sobre o... sobre o que éramos. E sobre você e o que aconteceu... — Eu me interrompo. Olho para o rio, para uma barca que passa, o que, a julgar pelo cheiro, está carregando lixo.

— E o que aconteceu realmente?

Não estou certo se não é uma pergunta retórica, então forço minha própria voz num sotaque jocoso. — É, é isso que ainda estou tentando descobrir.

Me ocorre que essa talvez seja a coisa mais sincera que eu disse a noite toda, mas, da forma como digo, se transforma numa mentira.

— Sabe, meu empresário me avisou que o acidente poderia atrair muita atenção quando meu perfil se destacasse, mas não achei que a conexão com você fosse uma questão. Quero dizer, no começo achei. Eu esperava que alguém me procurasse, fantasmas de namoradas passadas, mas acho que eu não era interessante o suficiente comparada às suas outras... hum, relações.

Ela acha que é por *isso* que nenhum dos urubus a infernizou, porque ela não é interessante como Bryn, de quem eu acho que ela sabe, *sim.* Se ela apenas soubesse como o círculo interno da banda se virou do avesso para manter o nome dela fora, para não tocar a ferida que surge na própria menção dela. Que naquele momento mesmo há exigências em contratos de entrevistas que descrevem todos os assuntos proibidos, que, apesar de não darem especificamente o nome dela, são todos para apagá-la do registro. Protegê-la. E a mim.

— Acho que a escola é mesmo uma história antiga — ela conclui.

História antiga? Você nos renegou mesmo ao monte de lixo de Namorico Bobo de Colégio? E, se é o caso, por que diabos não posso fazer a mesma coisa?

— É, bem, você e eu, acho que somos como o MTV Plus Lifetime — digo com o máximo de graça que consigo. — Em outras palavras, isca para tubarões.

Ela suspira.

— Ah, bem. Acho que até os tubarões precisam comer.

— O que quer dizer?

— Só que... particularmente não quero a história da minha família trazida aos olhos do público, mas, se é o preço que tenho de pagar por fazer o que amo, acho que pago.

E voltamos a isso. A ideia de que a música pode fazer tudo valer a pena — eu *gostaria* de acreditar. Só não acredito. Não estou nem certo de que já acreditei. Não é a *música* que me faz querer acordar todo dia e respirar. Eu me viro para longe dela, para a água escura abaixo.

— E se não for isso o que você ama? — murmuro, mas minha voz se perde no vento e no trânsito. Pelo menos eu disse em voz alta. Consegui fazer isso.

Preciso de um cigarro. Eu me encosto no corrimão e olho para a cidade, em direção a um trio de pontes. Mia vem para o meu lado, enquanto eu remexo meu isqueiro para fazê-lo funcionar.

— Você deveria largar — ela diz, tocando-me levemente no ombro.

Por um segundo acho que ela fala da banda. Que ela ouviu o que eu disse antes e está me dizendo para largar a Shooting Star, deixar toda a indústria da música. Fico esperando alguém me aconselhar a largar a música, mas ninguém nunca diz isso. Então me lembro de que no começo da noite ela me disse a mesma coisa, bem antes de filar um cigarro.

— Não é fácil.

— Bobagem — Mia diz com uma confiança que faz lembrar sua mãe, Kat, que se vestia de certeza como uma velha jaqueta de couro e que tinha uma boca que podia fazer um *roadie* corar. — Largar não é difícil. *Decidir* largar é difícil. Quando você decide, o resto é fácil.

— Sério? Foi assim que você me largou?

E, do nada, sem pensar antes, sem discutir comigo por dias, eu solto.

— Então — ela diz, como se falasse para uma plateia debaixo da ponte. — Ele finalmente disse.

— Não deveria? Eu deveria apenas deixar esta noite toda passar sem falar sobre o que você fez?

— *Não* — ela responde baixinho.

— Então por quê? Por que você se foi? Foi por causa das vozes?

Ela balança a cabeça: — Não foram as vozes.

— Então o quê? O que foi? — Escuto o desespero na minha voz agora.

— Foram várias coisas. Tipo: você não podia ser você mesmo perto de mim.

— Do que está falando?

— Você parou de falar comigo.

— Que absurdo, Mia. Eu falava com você o tempo todo!

— Falava comigo, mas não falava. Eu podia ver você tendo essas conversas de dois lados. As coisas que você queria realmente dizer para mim. E as palavras que vinham de fato.

Penso em todas as conversas dúbias que tive. Com todos. Foi *assim* que começou? — Bem, não é exatamente fácil conversar com você — eu retruco. — Tudo o que eu dizia era errado.

Ela olha para mim com um sorriso triste. — Eu sei. Não foi só você. Foi você mais eu. Fomos nós.

Eu balanço a cabeça. — Não é verdade.

— Sim, é, sim. Mas não se sinta mal. Todo mundo pisava em ovos perto de mim. Mas, com você, era doloroso que você não pudesse ser real comigo. Quero dizer, você mal me tocava.

Como para reforçar a questão, ela coloca dois dedos no lado interno do meu pulso. Se surgisse fumaça e as marcas dos dedos dela me queimassem, eu não ficaria nada surpreso. Tenho de me afastar só para me equilibrar.

— Você estava se curando — é minha resposta patética. — E, se você se lembra, quando nós tentamos, você surtou.

— Uma vez... Uma vez.

— Eu só queria que você ficasse bem. Só queria ajudá-la. Eu teria feito *qualquer coisa*.

Ela abaixa a cabeça. — É, eu sei. Você queria me salvar.

— Droga, Mia. Você fala como se fosse uma coisa ruim.

Ela olha para mim. A solidariedade ainda está em seus olhos, mas há algo mais agora também, certa ferocidade; isso atravessa minha raiva e retorna como medo.

— Você estava tão ocupado tentando ser meu salvador que me deixou sozinha. Sei que estava tentando ajudar, mas na época parecia apenas que você estava me afastando, escondendo coisas de mim para meu próprio bem e me tornando mais uma vítima. Ernesto diz que as boas intenções das pessoas podem nos prender em caixas tão aprisionadoras como caixões.

— Ernesto? Que diabos ele sabe sobre isso?

Mia traça a fenda entre as vigas de madeira do chão com o dedo do pé. — Muito, na verdade. Os pais dele foram mortos quando ele tinha oito anos. Ele foi criado pelos avós.

Sei que o que eu devia sentir era solidariedade. Mas a raiva se apodera de mim. — O que, é um tipo de *clubinho*? — pergunto, e minha voz começa a falhar. — Um clubinho de luto de que eu não posso participar?

Espero que ela diga que não. Ou que sou um membro. Afinal, eu os perdi também. Só que, na época, foi diferente, como se houvesse uma barreira. É o que você espera no luto. Porque não importa quão importantes eles foram para mim, não importa quão *tristes* as pessoas diziam que estavam; Denny, Kat e Teddy não eram minha família, e de repente essa distinção passou a importar.

Aparentemente, ainda importa. Porque Mia para e considera minha pergunta. — Talvez não um clube de luto. Mas um clube da culpa. De ficar para trás.

Ah, não me venha falar de culpa! Meu sangue ferve com isso. Agora, na ponte, sinto lágrimas vindo. A única forma de conseguir segurá-las é encontrar a raiva que está presa e empurrá-la para fora. — Mas você podia ao menos ter dito — minha voz se eleva a um grito. — Em vez de me largar como um ficante. Você podia ter tido a decência de terminar comigo e não me deixar na dúvida por três anos...

— Eu não planejei — diz ela, seu próprio tom se elevando. — Não entrei naquele avião pensando que iríamos terminar. Você era *tudo* para mim. Mesmo enquanto acontecia, eu não acreditava que estava acontecendo. Mas estava. Só de estar lá, longe, era tão mais fácil, de uma forma que não previ. De certo modo, não pensei que minha vida podia ser nada mais. Foi um grande alívio.

Pensei em todas as meninas cujas costas eu não pude esperar para ver indo embora. Como o sumiço do som, cheiro e vozes delas, eu sentia meu corpo todo soltar o ar. Muitas vezes Bryn cai nessa categoria. É assim que minha ausência é para Mia?

— Eu planejava te contar — ela continua, as palavras saindo numa bagunça sem fôlego agora —, mas inicialmente eu estava tão confusa. Eu nem sabia o que estava acontecendo, só que me sentia melhor *sem* você, e como eu podia explicar isso? Então, o tempo passou, você não me ligou, você não foi atrás de mim, eu apenas imaginei que você, *você* acima de todos, você entendia. Eu sabia que estava sendo uma covarde. Mas pensei... — Mia para por um segundo, então recupera a compostura. — Achei que eu tinha direito a isso. E que você entendia. Quero dizer, parecia que você entendia. Você escreveu: "Ela disse para eu escolher: ou eu ou você". Ela permanece." Não sei. Quando ouvi "Roulette", eu pensei que você entendia, *sim*. Que você estava bravo, mas entendia, eu tinha de *me* escolher.

— Essa é sua desculpa para me largar sem uma palavra? Existe covardia, Mia. E há crueldade! É nisso que você se tornou?

— Talvez fosse quem eu precisava ser por um tempo — ela gritou. — E eu sinto muito. Sei que devia ter te contatado. Devia ter explicado. Mas você não é tão acessível.

— Ah, papo-furado, Mia. Sou inacessível para a maioria das pessoas. Mas para você? Dois telefonemas e podia ter me localizado.

— Eu não sentia assim. Você era esse... — ela para, imitando uma explosão, a mesma que Vanessa LeGrande fez mais cedo naquele dia. — Fenômeno. Não era mais uma pessoa.

— É uma merda tão grande, e você sabe disso. Além do mais, isso foi mais de um ano depois que você se foi. *Um ano.* Um ano no qual eu estava enrolado numa bola de sofrimento na casa dos meus pais, Mia. Ou você esqueceu aquele número também?

— Não. — A voz de Mia é seca. — Mas eu não podia te ligar no início.

— Por quê? — eu grito. — Por que não?

Mia me encara agora. O vento está batendo no cabelo dela, e então ela parece uma feiticeira mística, linda, poderosa e assustadora ao mesmo tempo. Ela balança a cabeça e começa a se afastar.

Ai, não. Viemos tão longe na ponte. Ela pode estragar a coisa toda se quiser. Mas não sem me contar tudo. Eu a agarro, viro seu rosto para mim. — Por que não? Me diga. Você me deve isso!

Ela olha para mim, direto nos olhos. Mira, então aperta o gatilho: — Por que eu te odiava.

O vento, o ruído, tudo fica em silêncio por um segundo, e eu fico com o zumbido na minha orelha, como após um show, como um monitor cardíaco em linha reta.

— Me odiava? Por quê?

— *Você me fez ficar* — ela disse baixinho, e quase sumiu no vento e no trânsito, e eu não tenho certeza de que a ouvi. Mas ela repetiu mais alto desta vez: — Você me fez ficar!

E aí está. Um golpe seco no meu coração, confirmando o que alguma parte de mim sempre soube.

Ela sabe.

A energia no ar mudou, é como se você pudesse sentir os íons dançando. — Eu ainda acordo toda santa manhã e por um segundo esqueço que não tenho mais minha família. Então eu me lembro. Sabe como é? Seguidamente. Teria sido muito mais fácil... — E de repente seu semblante calmo se parte e ela começa a chorar.

— Por favor. — Estendo minhas mãos. — Por favor, não...

— Não, você está certo. Você precisa me deixar dizer isso, Adam! Precisa ouvir. Teria sido mais fácil morrer. Não é que eu queira estar morta agora. Não quero. Gosto de muita coisa na minha vida agora. Mas alguns dias, especialmente no começo, era tão difícil. E eu não podia evitar pensar que teria sido muito mais simples seguir com eles. Mas você pediu para eu ficar. Você *implorou* para eu ficar. Você ficou sobre mim e fez uma promessa, como um voto sagrado. E posso entender por que está bravo, mas não pode me culpar. Não pode me culpar por aceitar sua palavra.

Mia está soluçando agora. Estou destruído de vergonha, porque eu a levei a isso.

E de repente eu entendo. Entendo por que ela me chamou no teatro, por que veio atrás de mim depois que eu saí do camarim. *Esta* é a verdadeira turnê de despedida: Mia quer completar o desligamento que começou há três anos.

Deixar para trás. Todo mundo fala como se isso fosse a coisa mais fácil. Abrir seus dedos um a um até sua mão ficar aberta. Mas minha mão ficou fechada num punho por três anos, e agora está bem fechada. Eu estou todo congelado. E prestes a apagar completamente.

Olho para a água. Um minuto atrás estava calma e cristalina, mas agora o rio está se abrindo, revirando, um movimento violento. É aquele redemoinho, ameaçando me engolir inteiro. Vou me afogar nele, sem ninguém, *nada* no escuro comigo.

Eu a culpei por tudo isso, por partir, por me arruinar. E talvez isso tenha sido a semente, mas dessa sementinha cresceu esse tumor. E sou *eu* quem a alimenta. Eu a rego. Cuido dela. Mordisco suas amoras venenosas. Eu a deixo se enrolar no meu pescoço, sufocando o ar em mim. Fiz isso. Tudo sozinho. Tudo para mim mesmo.

Olho para o rio. É como se as ondas tivessem dois metros de altura, me acertando agora, tentando me empurrar da ponte para as águas abaixo.

— Não posso mais fazer isso! — grito quando as ondas querem me engolir.

Novamente eu grito. *Não posso mais fazer isso!* E estou gritando para as ondas e para Liz e Fitzy e Mike e Aldous, para os executivos da gravadora e para Bryn e Vanessa e os paparazzi e as meninas de moletom da Universidade de Michigan e os descolados no metrô e todo mundo que quer um pedaço de mim quando não há pedaços suficientes para distribuir. Mas grito principalmente para mim mesmo.

— NÃO POSSO MAIS FAZER ISSO! — grito mais alto do que já gritei na minha vida, tão alto que minha respiração derruba árvores em Manhattan, tenho certeza disso. E, enquanto luto com ondas invisíveis e redemoinhos invisíveis e demônios que são reais demais e criados por mim mesmo, eu de fato sinto algo no meu peito se abrir, um sentimento tão intenso que é como se meu coração estivesse prestes a explodir. E eu apenas deixo, eu apenas coloco para fora.

Quando levanto o olhar, o rio é um rio novamente. E minhas mãos, que estavam agarrando o corrimão da ponte tão forte que os nós dos meus dedos ficaram brancos, se soltaram.

Mia está se afastando, caminhando para o outro lado da ponte. Sem mim.

Entendi agora.

Tenho de honrar minha promessa. Deixá-la ir. Deixá-la ir realmente. Deixar nós dois irmos.

DEZESSETE

Comecei a tocar com minha primeira banda, a Infinity 89, quando tinha quatorze anos. Nosso primeiro show foi em uma festa em uma casa perto do campus da faculdade. Nós três da banda — eu na guitarra, meu amigo Nate no baixo e seu irmão mais velho, Jonah, na bateria — éramos uma droga. Nenhum de nós tocava fazia muito tempo. E depois do show descobrimos que Jonah havia pago ao dono da festa para nos deixar tocar. Pouca gente sabe que a primeira apresentação de Adam Wilde na frente de uma plateia poderia nunca ter acontecido se Jonah Hamilton não tivesse arrumado um barril de chope.

O chope acabou sendo a melhor coisa do show. Estávamos tão nervosos que ligamos os amplificadores alto demais, criando um retorno barulhento que fez os vizinhos reclamarem, então compensamos tocando tão baixo que não podíamos ouvir os instrumentos uns dos outros.

O que eu podia ouvir nas pausas entre as músicas era o som da festa: o estalido de garrafas de cerveja batendo, de conversas sem sentido, de gente rindo, e eu juro, no quarto dos fundos da casa, gente assistindo a *American Idol*. A questão é: eu podia ouvir tudo isso porque nossa banda era tão ruim que ninguém se importou de notar que estávamos tocando. Não éramos dignos de aplausos. Éramos ruins demais até para vaias. Simplesmente éramos ignorados. Quando terminamos de tocar, a festa seguiu como se nunca tivéssemos estado lá.

Ficamos melhores. Nunca ótimos, mas melhores. E nunca bons o suficiente para tocar em nada além de festas em casas. Então Jonah foi para a faculdade, Nate e eu ficamos sem baterista, e foi o fim da Infinity 89.

Assim começou minha breve experiência como cantor-compositor solitário na cidade, tocando em cafés, principalmente. Fazer o circuito de cafés era bem melhor do que festas em casas. Com apenas eu e um violão, eu não precisava aumentar tanto o volume, e as pessoas na plateia eram na maior parte das vezes respeitosas. Mas, conforme eu tocava, ainda ficava distraído pelo som de outras coisas além da música: o chiado da máquina de cappuccino, as conversas abafadas dos universitários intelectuais sobre as "coisas importantes", as risadas de meninas. Depois do show, as risadas ficavam mais altas conforme as meninas vinham até mim conversar, perguntar sobre minha inspiração, me oferecer CDs que elas gravavam, e às vezes outras coisas.

Uma das meninas era diferente. Tinha braços definidos com músculos e um olhar feroz. Na primeira vez que ela falou comigo, apenas disse: — Você está chapado.

— Não. Estou sóbrio como uma pedra.

— Não esse tipo de chapado — ela disse, levantando uma sobrancelha com piercing. — A acústica está chapada. Vi você tocar antes com aquela sua banda terrível, mas você era bom mesmo, até para uma criança como você.

— Valeu. Acho.

— Não tem de quê. Não estou aqui para bajulá-lo. Estou aqui para recrutá-lo.

— Desculpe, sou da paz.

— Engraçado! Sou lésbica, que gosta de perguntar e contar, então também não sirvo bem para o Exército. Não, estou montando uma banda. Acho que você é assustadoramente talentoso como guitarrista, e estou aqui para enfiar o dedo no bolo, artisticamente falando.

Eu mal tinha dezesseis anos e fiquei um pouco intimidado com essa mina metidona, mas pensei: por que não? — Quem mais está na banda?

— Eu na bateria. Você na guitarra.

— E?

— Essas são as partes importantes, não acha? Bateristas fantásticos e guitarristas que cantam não nascem em árvores, nem mesmo no Oregon. Não se preocupe, eu preencho os espaços. Sou Liz, por sinal. — Ela estendeu a mão. Estava tomada de calos, sempre um bom sinal para uma baterista.

Dentro de um mês, Liz havia trazido Fitzy e Mike, e nós nos batizamos de Shooting Star e começamos a escrever músicas juntos. Um mês depois disso, tivemos nosso primeiro show. Foi outra festa em casa, mas nada como as que eu costumava tocar com a Infinity 89. Desde o início foi algo completamente diferente. Quando toquei meu primeiro acorde, era como ligar uma luz. Tudo ficou em silêncio. Tínhamos a atenção das pessoas e a mantivemos. No espaço vazio entre as músicas, as pessoas aplaudiam e depois ficavam quietas, esperando pela próxima. Com o tempo, começaram a gritar pedidos. Mais para a frente, conheciam nossas músicas tão bem que cantavam juntos, o que vinha a calhar quando eu esquecia uma letra.

Logo seguimos para clubes maiores. Eu podia às vezes perceber sons de bar no fundo — copos batendo, gritos de pedidos para o barman. Também comecei a ouvir gente gritando meu nome pela primeira vez. — Adam! Aqui! — Muitas dessas vozes pertenciam às meninas.

As meninas eu basicamente ignorava. Nesse ponto, comecei a ficar obcecado com uma que nunca tinha vindo para nossos shows, mas que eu havia visto tocando violoncelo na escola. Foi aí que Mia se tornou minha namorada, e começou a vir aos meus shows — e, para minha surpresa, parecia de fato curtir, se não os shows, pelo menos a música; eu às vezes a escutava. Queria ouvir a voz dela chamando meu nome, mesmo que eu soubesse que era algo que ela nunca faria. Ela era uma relutante agregada. Costumava ficar nos bastidores e assistir com uma intensidade solene. Mesmo quando ela se soltou o suficiente para às vezes assistir ao show como uma pessoa normal, da plateia, permaneceu bem reservada. Ainda assim, eu ficava tentando escutar a voz dela. Nunca pareceu importar que eu não a escutasse. Ficar com os ouvidos atentos a ela era metade da diversão.

Conforme a banda crescia e os shows aumentavam, os aplausos só ficaram mais altos. E então por um tempo ficou tudo em silêncio. Não havia música. Não havia banda. Não havia fãs. Não havia Mia.

Quando voltou — a música, os shows, as multidões —, tudo soava diferente. Mesmo durante aquela turnê de duas semanas às vésperas do lançamento de *Collateral damage,* eu podia ver quanto havia mudado só pelo fato de como tudo soava. A parede de som enquanto tocávamos cercava a banda, quase como se estivéssemos tocando numa bolha feita de nada além de nosso próprio ruído. E entre as músicas havia gritos e berros. Logo, muito antes do que eu poderia imaginar, estávamos tocando nesses lugares enormes: estádios e arenas, para mais de quinze mil fãs.

Nesses lugares, havia tanta gente, tanto som, que era quase impossível diferenciar um ruído específico. Tudo o que eu ouvia, tirando nossos próprios instrumentos agora tocando nos alto-falantes mais poderosos disponíveis, era aquele grito louco da multidão quando estávamos nos bastidores e as luzes se apagam bem antes de sairmos. E, quando estávamos no palco, os gritos constantes do público se fundiam como o uivo furioso de um furacão; algumas noites eu juro que podia sentir o hálito daqueles quinze mil gritos.

Não gosto desse som. Considero desconcertante sua natureza monolítica. Em alguns shows, nós trocamos nossos monitores de caixa por retornos de ouvido. Era o som perfeito, como se estivéssemos no estúdio, o rugido da plateia bloqueado. Mas de certa forma era ainda pior. Eu já me sinto tão desconectado da plateia do jeito que é, pela distância entre eles e nós, uma distância separada por uma vasta expansão de palco e um exército de seguranças evitando que os fãs se juntem para nos tocar ou mergulhar do palco da forma que eles costumavam fazer. Mais do que isso, eu não gosto de ouvir qualquer voz única que sobressaia. Não sei. Talvez ainda esteja esperando por aquela voz.

Porém, com frequência, durante um show, enquanto eu ou Mike paramos para afinar nossas guitarras ou alguém dá um gole numa garrafa de água, eu paro e me esforço para ouvir uma voz na multidão. E com frequência eu consigo. Consigo ouvir alguém gritando uma música específica ou gritando *eu te amo*! Ou gritando meu nome.

Enquanto estou aqui na Brooklyn Bridge, fico pensando sobre esses shows de estádios com todos os seus ruídos. Porque tudo o que posso ouvir agora é um rugido na minha cabeça. Um uivo sem palavras, enquanto Mia desaparece e eu tento deixá-la ir.

Mas há algo mais também. Uma pequena voz tentando atravessar, perfurar o rugido do nada. E a voz fica cada vez mais forte, e é a *minha* voz desta vez, fazendo uma pergunta: *Como ela sabe?*

DEZOITO

Está feliz com sua miséria?
Descansa em paz em desolação?
É o único laço que nos une
Minha única fonte de consolação[9]
"Blue"
Collateral damage, faixa 6

Mia se foi.

A ponte parece um navio fantasma, mesmo cheia de gente, caminhantes do começo da manhã.

E eu, sozinho novamente.

Mas ainda estou de pé. Ainda respirando. E, de alguma forma, estou bem.

Mas a questão ainda ganha energia e volume: *Como ela sabe?* Porque eu nunca contei a ninguém o que eu pedi a ela. Não às enfermeiras. Não aos avós. Não a Kim. E não a Mia. Então como ela sabe?

Se você ficar, farei tudo o que você quiser. Abandono a banda, vou com você para Nova York. Mas, se precisar que eu vá embora, faço isso também. Talvez voltar para sua velha vida seja doloroso demais, talvez seja mais fácil para você nos apagar. E isso seria uma droga, mas eu faria. Posso perder você assim se não te perder hoje. Vou te deixar ir. Se ficar.

[9] *Are you happy in your misery?*
Resting peaceful in desolation?
It's the final tie that binds us
The sole source of my consolation

Essa foi minha promessa. E foi meu segredo. Meu fardo. Minha vergonha. Que eu pedi para ela ficar. Que ela escutou. Porque, depois que eu prometi isso a ela, e toquei uma peça de violoncelo de Yo-Yo Ma, foi como se ela *tivesse* ouvido. Ela apertou minha mão e eu achei que seria como nos filmes, mas ela só apertou. E ficou inconsciente. Mas o aperto foi o primeiro movimento muscular voluntário, foi seguido por mais apertos, então os olhos dela se abriram por uma piscada ou duas, depois mais tempo. Uma das enfermeiras explicou que o cérebro de Mia era como um filhote de passarinho tentando sair de uma casca, e que esse movimento era só o começo de sua evolução, até que depois de vários dias ela acordou e pediu água.

Sempre que ela falava sobre o acidente, Mia dizia que a semana inteira era um borrão. Ela não se lembrava de coisa alguma. E eu não iria contar a ela sobre a promessa que fiz. Uma promessa que, no final, fui forçado a manter.

Mas *ela sabia.*

Não é à toa que ela me odeia.

De uma forma esquisita, é um alívio. Estou cansado de carregar esse segredo. Estou cansado de me sentir mal por fazê-la viver e me sentir bravo com ela por viver sem mim e me sentir um hipócrita por essa bagunça toda.

Eu fico lá na ponte por um tempo, deixando-a se afastar, então caminho os remanescentes metros até a rampa para baixo. Já vi dúzias de táxis passando na rodovia abaixo, então, mesmo que não tenha ideia de onde estou, tenho certeza de que vou encontrar um táxi para me levar de volta ao hotel. Mas, quando desço a rampa, estou numa praça deserta. Faço sinal para um cara que corre, um cara de meia--idade saindo correndo da ponte, e pergunto onde posso arrumar um táxi, e ele aponta para um monte de prédios. — Geralmente há uma fila durante a semana. Não sei hoje, mas tenho certeza de que vai encontrar um táxi em algum lugar.

Ele está com um iPod e tirou os fones para falar comigo, mas a música ainda está tocando. E é Fugazi. O cara está correndo com Fugazi, o finalzinho de Smallpox champion. Então a música termina e é "Wild horses" dos Rolling Stones. E a música é como, não sei, pão fresco num estômago vazio ou um forno a lenha num dia frio. Está saindo dos fones e acenando para mim.

O cara fica me olhando. — Você é Adam Wilde? Da Shooting Star? — Não é tipo um fã, só curioso.

É preciso muito esforço para eu parar de escutar a música e dar atenção a ele. — Sim, sou eu. — Eu estico a mão.

— Não quero ser mal-educado — ele diz depois de me cumprimentar —, mas o que está fazendo andando pela Brooklyn Bridge às seis e meia de uma manhã de sábado? Está perdido ou sei lá?

— Não, não estou perdido. Não mais, enfim.

Mick Jagger está cantando e eu praticamente tenho de morder o lábio para evitar cantar junto. Eu costumava nunca sair sem minhas músicas. Então era como tudo o mais, pegue ou deixe. Mas agora vou pegar. Agora eu *preciso*. — Posso te pedir um favor enorme e meio louco? — pergunto.

— Táááá?

— Posso pegar seu iPod? Só hoje? Se me der seu nome e endereço, mando entregar para você. Prometo que te devolvo para a corrida de amanhã.

Ele balança a cabeça. Ri. — Uma porra de corrida de manhã por fim de semana já é o suficiente para mim, mas, sim, pode pegar. A campainha no meu prédio não funciona, então só entregue para o Nick do Southside Café na Sexta Avenida no Brooklyn. Estou lá toda manhã.

— Nick. Southside Café. Sexta Avenida. Brooklyn. Não vou esquecer. Prometo.

— Acredito em você — ele diz, enrolando os fios. — Lamento dizer que você não vai encontrar nenhum Shooting Star aí.

— Melhor ainda. Eu te devolvo à noite.

— Não se preocupe. A bateria estava carregada quando saí, então você deve ter pelo menos... uma hora. O troço é um dinossauro. Ele ri de leve. — Então sai correndo, acenando para mim sem olhar para trás.

Eu me plugo ao iPod; está bem gasto. Decido mandar um novo para ele quando devolver este. Vasculho a sua coleção — tudo desde Charlie Parker a Minutemen e Yo La Tengo. Ele tem todas essas playlists. Escolho uma chamada "boas músicas". E, quando o riff de piano começa em *Challengers* do New Pornographers, sei que estou em boas mãos. A próxima é uma do Andrew Bird, seguida por uma fodona do Billy Bragg e Wilco que não escuto há anos, daí é "Chicago", do Sufjan Stevens, uma música que eu amava, mas parei de ouvir porque mexia muito comigo. Mas agora está tudo certo. É como um banho frio depois de uma febre alta, ajudando a suavizar a comichão de todas essas perguntas sem respostas com que não posso mais me atormentar.

Eu aumento o volume até o fim, está estourando até meus tímpanos gastos pela batalha. Tudo isso junto com o ruído do centro do Brooklyn acordando — grades de metal rangendo e ônibus chacoalhando — está alto pra danar. Por isso, quando uma voz invade o ruído, eu quase não escuto. Mas lá está, a voz que tenho ouvido todos esses anos.

— Adam! — um grito.

Inicialmente eu não acredito. Desligo o Sufjan. Olho ao redor. E lá está ela, na frente de mim agora, seu rosto marcado de lágrimas.

Dizendo meu nome novamente, como se fosse a primeira vez que eu a escuto.

Eu a deixei ir. Deixei mesmo. Mas lá está ela. Bem na minha frente.

— Achei que tivesse te perdido. Voltei e procurei na ponte, mas não te vi e imaginei que você tivesse caminhado de volta para o lado de Manhattan, e fiquei com essa ideia idiota de que eu poderia pegar um táxi e te surpreender do outro lado. Sei que é egoísmo. Ouvi o que você disse lá na ponte, mas não podemos deixar assim. *Eu* não posso. Não de novo. Temos de dizer um adeus diferente. Melhor...

— Mia? — eu interrompo. Minha voz é uma interrogação e uma carícia. Faz com que ela pare o discurso imediatamente. — Como você soube?

A pergunta vem do nada. Ainda assim, ela parece saber exatamente do que estou falando. — Ah. Isso — ela diz. — É complicado.

Eu começo a me afastar dela. Não tenho direito de perguntar nada, e ela não tem obrigação de me responder. — Tudo bem. Estamos bem agora. *Eu* estou bem agora.

— Não, Adam, pare.

Eu paro.

— Quero te contar. *Preciso* te contar tudo. Só acho que preciso de um café antes de poder juntar tudo para explicar.

Ela me guia para fora do centro num distrito histórico, para uma padaria numa rua de paralelepípedos. As luzes estão apagadas, a porta fechada, tudo indica que o lugar ainda não abriu. Mas Mia bate e num minuto aparece um senhor de bigode grosso com farinha na barba desgrenhada, que abre a porta e grita *bonjour* para Mia e a beija nas duas bochechas. Mia me apresenta a Hassan, que desaparece na padaria, deixando a porta aberta para que o aroma quente de manteiga e baunilha entre no ar da manhã. Ele volta com dois copos grandes de café e um saco de papel marrom, já manchado de manteiga. Ela entrega o meu café e eu abro para ver que está fumegante e preto, bem do jeito que eu gosto.

É de manhã agora. Encontramos um banco no Brooklyn Heights Promenade, outro dos pontos favoritos de Mia, ela me diz. Está bem no East River, com Manhattan tão próximo que você quase pode tocar. Nos sentamos num silêncio amigável, bebericando nosso café, comendo os croissants ainda quentes de Hassan. E parece bom, então, como nos velhos tempos, aquela parte de mim gostaria de apenas clicar um cronômetro mágico, permanecer neste momento para sempre. Só que não existem cronômetros mágicos e há questões que precisam ser respondidas. Mia, porém, por sua vez, parece não ter pressa. Ela beberica, mastiga, olha para a cidade. Finalmente, quando termina seu café, ela se vira para mim.

— Eu não menti quando disse que não me lembrava de nada sobre o acidente ou depois. Mas então comecei a me lembrar das coisas. Não exatamente me lembrar, mas ouvia detalhes das coisas, e elas pareciam intensamente familiares. Eu disse a mim mesma que era porque eu havia ouvido essas histórias seguidamente, mas não era isso.

— Avance um ano e meio. Estou no meu sétimo ou oitavo terapeuta.

— Então você *está* na terapia.

Ela me dá um olhar torto. — Claro que estou. Eu costumava trocar de psiquiatra como quem troca de sapato. Eles todos me diziam a mesma coisa.

— O quê?

— Que eu estava com *raiva*. Que estava com *raiva* pelo fato de que o acidente aconteceu. Que eu estava com *raiva* por ser a única sobrevivente. Que estava com *raiva* de você. — Ela se vira para mim com um sorriso de desculpas. — As outras coisas todas faziam sentido, mas *você* eu não entendia. Quero dizer, por que você? Mas estava. Eu podia sentir quão... — ela se interrompe por um segundo — "furiosa eu estava" — ela termina baixinho. — Havia todas as razões óbvias, como você se afastou de mim, quanto o acidente nos modificou. Mas não acrescentou essa fúria *letal* que eu de repente sentia quando me afastei. Acho que realmente, em algum lugar, eu devo ter sabido o tempo todo que você pediu para eu ficar, bem antes de eu de fato me lembrar disso. Faz algum sentido?

Não. Sim. Não sei. — Nada disso faz *sentido* — eu digo.

— Eu sei. Então, estava brava com você. Eu não sabia o motivo. Odiava todos os meus terapeutas por serem inúteis. Eu era uma pequena bola de fúria autodestrutiva, e nenhum deles podia fazer nada além de me dizer que eu era exatamente isso. Até eu encontrar Nancy, nenhum deles havia me ajudado tanto quanto os professores da Juilliard. Quero dizer, olá! Eu *sabia* que estava com raiva. Me diga o que *fazer* com a raiva, por favor. De toda forma, Ernesto sugeriu hipnoterapia. Ajudou-o a parar de fumar, acho. — Ela me dá uma cotovelada nas costelas.

Claro que o Sr. Perfeito não fumaria. É claro que seria ele quem a ajudaria a desvendar a razão pela qual ela me odeia.

— Foi meio arriscado — Mia continua. — A hipnose tende a destravar memórias escondidas. Alguns traumas são difíceis demais para a mente consciente lidar, e você tem de passar pela porta dos fundos para acessá-los. Então eu relutantemente me submeti a algumas sessões. Não era o que eu achei que seria. Nenhum objeto sendo sacudido, nenhum pêndulo. Era mais como esses exercícios guiados de imagens que às vezes a gente faz no acampamento. Inicialmente, não aconteceu nada, daí fui para Vermont passar o verão e desisti.

— Mas, algumas semanas depois, comecei a ter esses flashes. Aleatórios. Como se eu me lembrasse de uma cirurgia, podia ouvir de fato a música específica que os médicos escutavam na sala de operação. Pensei em ligar para eles e perguntar se o que eu lembrava era verdade, mas tanto tempo havia passado que eu duvidava que eles se lembrassem. Além do mais, eu não sentia que precisava perguntar. Meu pai costumava dizer que, quando eu nasci, parecia tão familiar para ele que ficou chocado com essa sensação de que me conhecia pela vida toda, o que era engraçado, considerando o fato de que eu parecia pouco com ele ou com minha mãe. Mas, quando tive minhas primeiras lembranças, eu fiquei com a mesma certeza, que elas eram reais e minhas. Eu só juntei os fragmentos de verdade totalmente até começar a trabalhar numa peça para violoncelo... um monte de lembranças pareceu me atingir quando eu tocava... Gershwin, *Andante con moto e poco rubato.*

Abro a boca para dizer algo, mas nada sai. — Eu toquei isso pra você — finalmente digo.

— Eu sei. — Ela não parece surpresa com minha confirmação.

Eu me inclino para a frente, coloco a cabeça entre os joelhos e respiro fundo. Sinto a mão de Mia tocando gentilmente minha nuca.

— Adam? — A voz dela me sonda. — Tem mais. É aqui que a coisa fica mais bizarra. Faz sentido que minha mente de alguma forma tenha gravado as coisas que estavam acontecendo ao meu redor enquanto eu estava inconsciente. Mas há outros fatos, outras lembranças...

— Tipo o quê? — minha voz sai num cochicho.

— A maior parte é uma névoa, mas tenho certas lembranças fortes de coisas que eu não poderia saber porque eu não estava lá. Tenho essa lembrança. É você. Está escuro lá fora. E você está parado fora da entrada do hospital sob as luzes, esperando para me ver. Está usando sua jaqueta de couro, olhando para cima. Como se estivesse me procurando. Você fez isso?

Mia pega meu queixo e levanta meu rosto, desta vez aparentemente buscando alguma afirmação de que aquele momento era real. Quero dizer a ela que ela está certa, mas estou mudo. Porém, minha expressão parece confirmar o que ela quer saber. Ela assente levemente com a cabeça. — Como? Como, Adam? Como eu poderia saber disso?

Não estou certo se a pergunta é retórica ou se ela pensa que tenho uma pista para o mistério. E não estou em condições de responder, porque estou chorando. Não percebo até sentir o gosto de sal nos meus lábios. Não me lembro da última vez que chorei, mas, quando aceito a humilhação de me derramar como um bebê, as comportas se abrem e estou soluçando agora, na frente de Mia. Na frente da droga do mundo todo.

DEZENOVE

A primeira vez que vi Mia Hall na vida foi há seis anos. Nossa escola tinha aquele programa de artes e, se você escolhe a música como sua matéria, pode ter aulas ou optar por estudos independentes para praticar nos estúdios. Mia e eu fomos para o estudo independente.

Eu a vi tocando violoncelo algumas vezes, mas nada que me chamasse a atenção. Quero dizer, ela era bonitinha e tudo, mas não exatamente meu tipo. Era uma musicista clássica. Eu era um cara do rock. Água e óleo e tudo o mais.

Eu só reparei de fato nela quando a vi *sem* tocar. Ela estava sentada numa dessas cabines à prova de som, o violoncelo descansando gentilmente contra seus joelhos, seu arco colocado alguns centímetros acima da ponte. Seus olhos estavam fechados e sua testa, um pouco franzida. Ela estava parada, parecia que tirava férias de seu corpo. E, mesmo que não estivesse se mexendo, mesmo que seus olhos estivessem fechados, eu de certa forma sabia que ela estava ouvindo a música, pegando as notas do silêncio, como um esquilo coletando sementes para o inverno, antes de começar a tocar. Fiquei lá, de repente preso a ela, até que Mia pareceu acordar e começou a tocar com aquela concentração intensa. Quando finalmente olhou para mim, eu me afastei rápido.

Depois disso, eu fiquei meio fascinado por ela e pelo que imaginei ser sua habilidade de ouvir música no silêncio. Na época, eu queria ser capaz de fazer isso também. Então me acostumei a vê-la tocar, e, apesar de dizer a mim mesmo que a razão para a minha atenção era porque ela era bonitinha, a verdade era que eu também queria entender o que ela ouvia no silêncio.

Durante todo o tempo em que estávamos juntos, acho que nunca descobri. Mas, quando fiquei com ela, não precisava mais descobrir. Nós éramos os dois obcecados por música, cada um a sua maneira. Se não entendíamos completamente a obsessão um do outro, não importava, porque entendíamos a nossa própria.

Sei do momento exato a que Mia se refere. Kim e eu fomos para o hospital no Dodge Dart rosa de Sarah. Não me lembro de ter pedido o carro emprestado para a namorada de Liz. Não me lembro de dirigir. Não me lembro de dirigir o carro pelas montanhas onde estava o hospital, ou como eu sabia o caminho. Só me lembro daquele minuto em que eu estava num teatro no centro de Portland, passando o som para o show daquela noite, quando Kim apareceu para dar aquela notícia terrível. E no minuto seguinte eu estacionava do lado de fora do hospital.

Do que Mia inexplicavelmente se lembra é meio o primeiro detalhe de claridade naquele borrão entre escutar as notícias e chegar ao centro de traumatologia. Kim e eu tínhamos acabado de estacionar e eu caminhava na frente dela. Eu precisava de alguns segundos para reunir forças, para me preparar para o que estava prestes a encarar. E eu me lembro do enorme prédio do hospital e de me perguntar se Mia estava em algum lugar lá, sentindo muito medo de que ela tivesse morrido enquanto Kim foi me buscar. Mas então senti algo, não exatamente esperança, não exatamente alívio, mas algum tipo de certeza de que Mia ainda estava lá. E isso foi o suficiente para me fazer passar pelas portas.

Dizem que as coisas acontecem por um motivo, mas não sei se concordo com isso. Não sei se vou encontrar algum motivo para o que aconteceu com Kat, Denny e Teddy naquele dia. Mas levou uma eternidade para eu conseguir ver Mia. Fui proibido de entrar na UTI pelas enfermeiras. Então, Kim e eu criamos esse plano todo para entrar escondidos. Acho que não percebi na época, mas de uma forma estranha eu provavelmente estava adiando. Estava reunindo forças. Não queria me perder na frente dela. Acho que parte de mim de alguma forma sabia que Mia, nas profundezas de seu coma, seria capaz de perceber.

Claro, eu acabei me perdendo na frente dela de qualquer forma. Quando finalmente consegui vê-la pela primeira vez, eu quase desmontei. Sua pele parecia de papel. Seus olhos estavam cobertos com fitas. Tubos passavam por todo o seu corpo, bombeando líquidos e sangue e tirando umas coisas bem assustadoras. Tenho vergonha de dizer, mas, quando eu entrei na UTI pela primeira vez, queria sair correndo.

Só que eu não podia. Não iria. Então, em vez disso, foquei na parte que ainda se parecia remotamente com Mia — suas mãos. Havia monitores presos aos seus dedos, mas eles ainda se pareciam com os das mãos dela. Eu toquei as pontas dos dedos de sua mão esquerda, que estava gasta e lisa, como couro antigo. Corri minhas mãos pelos calos protuberantes de seus polegares. Suas mãos estavam congelando, como sempre estiveram, então eu as aqueci, como sempre fazia.

E, com isso, enquanto eu aquecia suas mãos, pensei em como era bom que elas pareciam bem. Porque, sem as mãos, não haveria música, e sem a música ela teria perdido tudo. E me lembro de pensar que de alguma forma Mia tinha de perceber isso também. Que ela precisava ser lembrada de que ainda tinha a música para voltar. Corri para fora da UTI, parte de mim temendo que eu pudesse nunca mais vê-la viva novamente, mas de alguma forma sabendo que eu tinha de fazer alguma coisa. Quando voltei, toquei Yo-Yo Ma para ela.

E foi também quando eu fiz a promessa. A promessa que me prendeu a ela.

Fiz a coisa certa. Sei disso agora. Sempre soube, mas parece tão difícil enxergar através da minha raiva. E tudo bem se ela tiver raiva. Tudo bem, até, se ela me odeia. E foi egoísta o que eu pedi que ela fizesse, mesmo que terminasse sendo a coisa menos egoísta que eu já fiz. A coisa menos egoísta que tenho de *continuar* fazendo.

Mas eu faria de novo. Faria aquela promessa milhares de vezes e a perderia milhares de vezes para tê-la ouvido tocar a noite passada ou vê-la esta manhã à luz do sol. Ou mesmo sem isso. Só para saber que ela estava em algum lugar aí fora. Viva.

Mia me vê soltar toda essa angústia no Promenade. Ela é testemunha de todas essas feridas que se abrem, dessa grande explosão do que, para ela, pode parecer dor.

Mas não estou chorando de dor; estou chorando de gratidão.

VINTE

Alguém me acorde quando isso acabar
Quando o silêncio suavizar em dourado
Quero apenas num canteiro deitar
Ah, me ajude com esse fardo[10]
"Hush"
Collateral damage, faixa 13

Quando consigo me recompor e me acalmar, meus membros parecem feitos de madeira podre. Meus olhos começam a cair. Acabei de tomar uma xícara grande de café loucamente forte, e podia muito bem estar carregada de soníferos. Eu podia dormir aqui mesmo neste banco. Eu me viro para Mia. Digo a ela que preciso dormir.

— Minha casa fica a alguns quarteirões — ela diz. — Você pode se jogar lá.

Sinto aquela calma que segue um choro. Não me sinto assim desde que era criança, um moleque sensível que gritava por alguma injustiça até que, me acabando de chorar, minha mãe me colocava na cama. Eu visualizo Mia, me enfiando numa cama de solteiro de menino, puxando os lençóis do Buzz Lightyear até meu queixo.

É de manhã agora. As pessoas estão acordadas e saindo por aí. Conforme caminhamos, a silenciosa área residencial dá lugar a uma faixa comercial, cheia de butiques, cafés e os *hipsters* que os frequentam. Sou reconhecido. Mas não me importo com os disfarces — nada

---

[10] *Someone wake me when it's over*
When the evening silence softens golden
Just lay me on a bed of clover
Oh, I need help with this burden

de óculos, nada de boné. Não tento me esconder. Mia desvia da multidão, então vira numa ruazinha lateral cheia de folhas, de pedrinhas e prédios de tijolinhos. Ela para na frente de uma pequena casa antiga de tijolos vermelhos. — Lar, doce lar. É a sublocação de uma violinista profissional que está com a Filarmônica de Viena agora. Estou aqui num recorde de nove meses!

Eu a sigo para a casa mais compacta que já vi. O primeiro andar consiste em pouco mais do que uma sala e cozinha com uma porta de vidro de correr levando para um jardim duas vezes maior do que a casa. Há um sofá branco, e ela faz sinal para eu me deitar lá. Chuto o tênis e caio no sofá, afundando nas almofadas macias. Mia levanta minha cabeça, coloca um travesseiro debaixo dela e um cobertor macio sobre mim, me cobrindo como eu esperava que ela fizesse.

Ouço o som dos passos dela nas escadas para o que deve ser o quarto, mas em vez disso sinto um leve movimento no cobertor enquanto Mia se deita do outro lado do sofá. Ela esfrega as pernas algumas vezes. Seus pés estão a poucos centímetros dos meus. Ela solta um longo suspiro e sua respiração diminui. Dentro de poucos minutos, a minha também.

Quando acordo, a luz está inundando o apartamento, e eu me sinto tão renovado que por um segundo tenho certeza de que dormi por doze horas e perdi o voo. Mas uma rápida olhada no relógio da cozinha me mostra que é pouco antes das duas, ainda sábado. Só dormi algumas horas, e preciso encontrar o Aldous no aeroporto às cinco.

Mia ainda está dormindo, respirando profundamente e quase roncando. Eu a observo por um tempo. Ela parece em paz e tão familiar. Mesmo antes de eu me tornar o insone que sou agora, sempre tive problemas para dormir de noite, enquanto Mia lia um livro por cinco minutos, rolava para o lado e dormia. Uma mecha de cabelo caiu em seu rosto e é sugada por sua boca, de volta para fora a cada respiração. Sem nem mesmo pensar, eu me inclino e movo a mecha para longe, meu dedo acidentalmente tocando nos lábios dela. Parece tão natural, tanto como se os últimos anos não tivessem passado, que sou quase tentado a tocar o seu rosto, a sua testa. Quase. Mas não exatamente. É como ver Mia através de um prisma, e ela é basicamente a menina que eu conhecia, mas algo mudou, os ângulos estão errados, então agora a ideia de eu tocar uma Mia que dorme não é doce ou romântica. É invasiva.

Eu me endireito e me alongo. Estou prestes a acordá-la — mas não consigo. Em vez disso, caminho pela casa. Eu estava tão distante quando chegamos, algumas horas atrás, que não prestei muita atenção. Agora, vejo que se parece estranhamente com a casa em que Mia foi criada. Há as mesmas fotos descombinadas na parede — um Elvis de veludo, um pôster de 1955 anunciando a World Series entre os Brooklyn Dodgers e os New York Yankees — e os mesmos toques decorativos, como luzinhas enfeitando as molduras das portas.

E fotos. Estão por todo lado. Penduradas nas paredes, cobrindo cada centímetro da bancada e o espaço das prateleiras. Centenas de fotos da família dela, incluindo o que parecem ser fotos que antes estavam em sua velha casa. Há o retrato de casamento de Kat e Denny; uma foto de Denny usando uma jaqueta de couro com tachas segurando um minúsculo bebê, Mia, em uma de suas mãos; uma Mia de oito anos com um sorriso gigante no rosto, segurando um violoncelo; Mia e Kat segurando um Teddy de rosto vermelho, minutos depois que ele nasceu. Há até uma foto de partir o coração com Mia lendo para Teddy, aquela para a qual eu nunca suportava olhar na casa dos avós de Mia, apesar de que aqui, na casa dela, não parece me dar aquela sensação ruim.

Caminho pela pequena cozinha, e há uma verdadeira galeria de fotos dos avós de Mia na frente de uma enorme quantidade de teatros onde Mia se apresentou, das tias e tios de Mia e primos caminhando pelas montanhas do Oregon ou levantando canecas de cerveja. Há várias fotos de Henry, Willow e Trixie e do garotinho que deve ser Theo. Há fotos de Kim e Mia do colégio e uma em que estão fazendo pose no topo do Empire State — uma sacudida lembrando que o relacionamento não foi prejudicado; elas têm uma história da qual eu não sei nada. Há outra foto de Kim usando uma jaqueta de aviador, seu cabelo bagunçado e solto, soprando num vento empoeirado.

Há fotos de músicos em trajes formais, segurando taças de champanhe. De um homem de olhos brilhantes num smoking com uma massa de cachos desgrenhados segurando uma batuta, e o mesmo homem conduzindo um bando de crianças de aparência também desgrenhada, então ele de novo, ao lado de uma negra maravilhosa, beijando um molequinho. Esse deve ser Ernesto.

Eu sigo para o jardim dos fundos para fumar meu cigarro. Busco nos meus bolsos, mas só encontro a carteira, os óculos, o iPod emprestado e o conjunto costumeiro de palhetas de guitarra que parecem estar sempre comigo. Então me lembro de que eu devo ter deixado meus cigarros na ponte. Sem cigarro. Sem pílulas. Acho que hoje é o dia de largar todos os maus vícios.

Eu volto para dentro e dou outra olhada ao redor. Esta não é a casa que eu esperava. Com toda a conversa dela de mudar, eu imaginei um lugar cheio de caixas, algo impessoal e bagunçado. E, apesar do que ela disse sobre espíritos, eu não teria suposto que ela iria se cercar de forma tão aconchegante com seus fantasmas.

Exceto pelo meu fantasma. Não há uma única foto minha, mesmo que Kat tenha me incluído em tantos dos retratos familiares — ela até pendurou uma foto emoldurada onde eu apareço junto com Mia e Teddy de fantasia de Halloween sobre a lareira da sala antiga, um lugar de honra no lar dos Hall. Mas, aqui, não. Não há nenhum dos retratos tolos que Mia e eu costumávamos tirar um do outro e de nós mesmos, beijando-nos ou nos agarrando enquanto um de nós segurava a câmera no comprimento do braço. Eu adorava essas fotos. Elas sempre cortavam metade de uma cabeça ou eram tapadas pelo dedo de alguém, mas pareciam capturar algo real.

Não estou ofendido. Antes, eu poderia estar. Mas entendo agora. Qualquer que seja o lugar que eu tivesse na vida de Mia, no coração de Mia, foi totalmente anulado naquele dia no hospital há três anos e meio.

Encerramento. Abomino essa palavra. Os psiquiatras adoram. Bryn ama. Ela diz que eu nunca tive um *encerramento* com a Mia. "Mais de cinco milhões de pessoas compraram e escutaram meu encerramento", é minha resposta-padrão.

Parado aqui, nesta casa silenciosa onde posso ouvir pássaros cantando nos fundos, acho que estou entendendo o conceito de encerramento. Não é um dramático antes e depois. É parecido com o sentimento melancólico que você tem no final das férias. Algo especial está acabando, e você está triste, mas não pode ficar triste porque, ei, foi bom enquanto durou, e haverá outras férias, outros bons tempos. Mas não serão com Mia — ou com Bryn.

Olho para o relógio. Preciso voltar para Manhattan, arrumar minha mala, responder aos e-mails mais urgentes que, sem dúvida, são muitos, e ir para o aeroporto. Preciso pegar um táxi, e, antes disso, preciso acordar Mia e dizer adeus devidamente.

Decido fazer café. O cheiro costumava despertá-la. Nas manhãs em que dormia na casa dela, às vezes eu acordava cedo para ficar com

Teddy. Depois que eu a deixava dormir até mais tarde, levava a cafeteira para o quarto dela e a balançava até ela levantar a cabeça do travesseiro, com seus olhos suaves e sonhadores.

Entro na cozinha e pareço saber instintivamente onde tudo está, como se fosse minha cozinha e eu tivesse feito café aqui mil vezes antes. A cafeteira de metal está no armário acima da pia. O café, num pote na porta do freezer. Coloco o encorpado pó escuro na cafeteira, então a encho de água e ligo. O chiado invade o ar, seguido pelo delicioso aroma. Quase posso vê-lo, como uma nuvem de desenho animado, flutuando pela sala, cutucando Mia.

E, com certeza, antes de o café estar pronto, ela se estica no sofá, buscando o ar como faz quando acorda. Quando me vê na cozinha, parece momentaneamente confusa. Não posso dizer se é porque estou me metendo como o dono da casa, ou porque estou aqui, para começar. Então eu me lembro do que ela falou sobre seu despertar diário de perda. — Está se lembrando de tudo novamente? — faço a pergunta. Em voz alta. Porque quero saber e porque ela pediu para eu perguntar.

— Não — ela diz. — Não esta manhã. — Ela boceja, então se alonga novamente. — Achei que tivesse sonhado com a noite passada. Daí senti cheiro de café.

— Desculpe.

Ela sorri quando chuta o cobertor. — Acha mesmo que se você não mencionar minha família eu vou me esquecer dela?

— Não — admito. — Acho que não.

— E, como você pode ver, não estou tentando esquecer. — Mia aponta para as fotos.

— Estava olhando. Uma galeria bem impressionante que você tem. De todos.

— Valeu. Elas me fazem companhia.

Olho para as fotos, imaginando que um dia os filhos de Mia vão preencher mais das molduras, criando uma nova família para ela, uma geração contínua da qual não vou ser parte.

— Sei que são apenas fotos — ela continua —, mas em alguns dias elas me ajudam realmente a levantar de manhã. Bem, então... café.

Ah, o café. Vou para a cozinha e abro os armários onde sei que estarão as xícaras, apesar de estar um pouco impressionado pelo fato de serem as mesmas coleções de canecas de cerâmicas dos anos 1950 e 1960 que usei tantas vezes antes; espantado que ela as tenha carregado de dormitório a dormitório, de apartamento a apartamento. Procuro minha caneca favorita, aquela com bules dançantes, e fico feliz que ainda esteja aqui. É quase como ter minha foto na parede também. Um pequeno pedaço de mim ainda existe, mesmo que a maior parte não possa existir.

Eu me sirvo na minha caneca, depois na de Mia, acrescentando metade de leite, como ela toma.

— Gosto das fotos — digo. — Mantém as coisas interessantes.

Mia assente, assopra ondas em seu café.

— Sinto saudade deles também. Todo dia.

Ela parece surpresa com isso. Não de que eu sinta saudade deles, mas acho que de eu admitir isso. Ela concorda seriamente. — Eu sei — ela diz.

Ela caminha pela sala, passando os dedos levemente pelas molduras dos retratos. — Estou ficando sem espaço. Tive de colocar um monte das fotos recentes de Kim no banheiro. Tem falado com ela?

Ela deve saber o que fiz com Kim. — Não.

— Sério? Então você não sabe sobre o *escândalo*?

Balanço a cabeça.

— Ela largou a faculdade no ano passado. Quando a guerra estourou no Afeganistão, Kim decidiu mandar tudo pelos ares, queria ser fotógrafa e a melhor educação é no campo. Então pegou suas câmeras e foi. Começou a vender essas fotos à *Associated Press* e ao *New York Times.* Ela viaja de burca e esconde todo o seu equipamento fotográfico debaixo das roupas, depois tira para fazer os cliques.

— Aposto que a sra. Schein adora isso. — A mãe de Kim era notoriamente hiperprotetora. A última coisa que eu soube dela é que estava surtando porque Kim iria para uma escola do outro lado do país, e essa era exatamente a ideia.

Mia ri. — No começo, Kim disse à família que só ia tirar um semestre de folga, mas agora ela está ficando bem conhecida. Então oficialmente largou os estudos, e a sra. Schein oficialmente teve um colapso nervoso. E tem o fato de Kim ser uma boa moça judia num país bem muçulmano. — Mia assopra seu café e beberica. — Mas, por outro lado, agora que Kim tem seu trabalho no *New York Times,* e tem um trabalho para a *National Geographic,* dá certa munição para a sra. Schein se vangloriar.

— É difícil uma mãe resistir.

— Ela é uma grande fã da Shooting Star, sabia?

— A sra. Schein? Eu sempre imaginei que ela fosse mais hip-hop.

Mia sorri. — Não. Ela curte *death metal.* Hardcore. *Kim.* Ela viu vocês tocando em Bangcoc. Disse que choveu horrores e vocês tocaram numa boa.

— Ela estava naquele show? Queria que ela tivesse ido aos bastidores dizer oi — eu digo, mesmo que eu saiba por que ela não foi. Ainda assim, ela foi ao show. Ela deve ter me perdoado um pouquinho.

— Falei a mesma coisa a ela. Mas ela teve de ir embora correndo. Devia estar em Bangcoc para espairecer, mas aquela chuva em que você tocava era na verdade um ciclone em outro lugar, e ela teve de correr para cobrir. Ela é uma fotógrafa fodona hoje em dia.

Penso em Kim perseguindo insurgentes do Talibã e se desviando de árvores voando. É difícil imaginar. — É engraçado — começo a dizer.

— O quê?

— Kim ser fotógrafa. Viver perigosamente.

— É, de morrer de rir.

— Não é o que quis dizer. É só que: Kim. Você. Eu. Nós todos viemos de uma cidadezinha no meio do nada no Oregon, e olhe para nós. Nós três fomos para, bem, extremos. Você tem que admitir, é meio esquisito.

— Não é nada esquisito — Mia diz, sacudindo uma tigela de cereal. — Nós todos fomos colocados em provas de fogo. Agora, venha, coma.

Não estou com fome. Não estou nem certo de que posso comer um único floco de milho, mas me sinto satisfeito porque meu lugar na mesa da família Hall foi restaurado.

O tempo tem um peso, e agora posso senti-lo pesado sobre mim. São quase três da tarde. Outro dia está quase terminando e esta noite eu parto para a turnê. Ouço as batidas do relógio antigo na parede da casa de Mia. Deixo os minutos passarem mais do que deveria até eu finalmente falar.

— Nós dois temos voos para pegar. Eu preciso ir. — Minha voz soa distante, mas me sinto estranhamente calmo. — Tem táxi aqui perto?

— Não, nós vamos e voltamos de Manhattan pela correnteza do rio — ela brinca. — Pode pedir um carro — acrescenta após um momento.

Eu fico de pé, sigo em direção à cozinha, onde está o telefone de Mia. — Qual é o número? — pergunto.

— Sete um oito — Mia começa. Então ela se interrompe. — Espere.

Inicialmente acho que ela tem de parar para lembrar o número, mas vejo que seus olhos estão inseguros, implorando.

— Tem uma última coisa — ela continua, sua voz hesitante. — Tenho uma coisa que pertence mesmo a você.

— Minha camiseta do Wipers?

Ela balança a cabeça. — Essa já se foi há muito tempo, creio eu. Venha. Está lá em cima.

Eu a sigo pelos degraus rangentes. No topo da escada estreita à minha direita vejo o quarto dela, com seu teto inclinado. À minha esquerda há uma porta fechada. Mia abre, revela um pequeno estúdio. No canto há um gabinete com um teclado. Ela digita um código e a porta se abre.

Quando vejo o que ela tira do gabinete inicialmente, penso: *ah, certo, minha guitarra.* Porque aqui na casinha de Mia no Brooklyn está minha velha guitarra elétrica, minha Les Paul Junior. A guitarra que comprei num brechó com minhas economias de entregador de pizza quando era adolescente. É a guitarra com a qual eu costumava gravar todas as músicas até (e incluindo) o *Collateral damage*. É a guitarra que leiloei para a caridade e me arrependi de fazer isso desde então.

Está no seu velho estojo, com meus velhos adesivos Fugazi e K Record, com os adesivos da velha banda do pai de Mia até. Tudo igual, a alça, a parte lascada porque a derrubei no palco. Até o pó parece familiar.

E estou absorvendo tudo, então leva alguns segundos até me atingir. Esta é *minha* guitarra. *Mia* está com minha guitarra. Mia foi quem *comprou* minha guitarra por uma soma exorbitante, o que significa que ela sabia que estava sendo leiloada. Olho ao redor do quarto. Entre as partituras e a parafernália de violoncelo há uma pilha de revistas, meu rosto nas capas. Então me lembro de algo na ponte, Mia se justificando por ter me deixado, recitando as letras de "Roulette".

E, de repente, é como se eu tivesse usado fones de ouvido a noite toda e eles tivessem caído, e tudo o que estava abafado agora está claro. Mas também alto e estridente.

Mia está com minha guitarra. É uma coisa tão surpreendente, e ainda não sei se ficaria mais surpreso se Teddy tivesse saído de debaixo da cama. Acho que vou desmaiar. Eu me seguro. Mia fica na minha frente, segurando a guitarra, oferecendo-a de volta para mim.

— Você? — é tudo o que consigo soltar.

— Sempre fui eu — ela respondeu suavemente, timidamente. — Quem mais?

Meu cérebro deixou meu corpo. Minha fala está reduzida ao básico. — Mas... por quê?

— Alguém tinha de salvá-la do Hard Rock Café — Mia diz, rindo. Mas ouço um vazio em sua voz também.

— Mas... — eu busco as palavras como alguém que está se afogando — ... você disse que me *odiava.*

Mia solta um longo e profundo suspiro. — Sabe, eu precisava de alguém para odiar, e você era quem eu mais amava, então você foi o escolhido.

Ela segura minha guitarra, apontando para mim. Ela quer que eu a pegue, mas eu não poderia levantar uma bola de algodão agora.

Ela continua olhando, oferecendo.

— Mas e quanto a Ernesto?

Um olhar de confusão passa pelo rosto dela, seguido por espanto. — Ele é o meu mentor, Adam. Meu amigo. Ele é *casado.* — Ela olha para baixo por um momento. Quando seu olhar volta, seu espanto endureceu em defensiva. — Além do mais, por que se importa?

Volte para seu fantasma, escuto Bryn me dizer. Mas ela estava errada. É *Bryn* quem vivia com um fantasma — o espectro de um homem que nunca parou de amar outra.

— Nunca haveria uma Bryn se você não tivesse decidido que precisava me odiar.

Mia leva essa direto no queixo. — Eu não te odeio. Acho que nunca odiei. Só havia essa raiva. E, quando eu a encarei, entendi, ela se dissipou. — Ela olha para baixo, respira fundo e solta um tornado. — Sei que devo algum tipo de desculpa a você; tentei colocar para fora a noite toda, mas é que palavras, desculpa, sinto muito, são mesquinhas para o que você merece. — Ela balança a cabeça. — Sei que o que eu fiz foi errado, mas naquela época também pareceu necessário para a minha sobrevivência. Não sei se essas coisas podem ser verdade, mas foi assim que aconteceu. Se há algum conforto, depois de um tempo, quando não pareceu mais necessário, pareceu enormemente errado, só me sobrou o peso do meu erro, da saudade de você. E eu tive de observá-lo de longe, vê-lo atingir seus sonhos, com o que parecia ser a vida perfeita.

— *Não* é perfeita.

— Entendo isso *agora*, mas como eu poderia saber? Você estava tão, tão distante de mim. E eu aceitei isso. Aceitei meu castigo pelo que fiz. Então... — ela se interrompe.

— O quê?

Ela inspira o ar e faz uma careta. — Então, Adam Wilde aparece no Carnegie Hall na maior noite da minha carreira, e parece mais do que uma coincidência. Parece um presente. Deles. Para meu primeiro recital na vida, eles me deram um violoncelo. E, para este, me deram você.

Todo o meu corpo se arrepia.

Ela rapidamente limpa as lágrimas com as costas da mão e respira fundo. — Aqui, vai pegar essa coisa ou o quê? Eu não a afino há um tempo.

Eu costumava ter sonhos como esse. Mia de volta dos não mortos, na minha frente, viva para mim. Mas ficou tão normal nos sonhos que eu sabia que era irreal e até podia antecipar o toque do meu alarme, então estou ouvindo agora, esperando o alarme desligar. Mas não desliga. E, quando fecho os dedos na guitarra, a madeira e as cordas são sólidas e me puxam para a terra. Elas me acordam. E ela ainda está lá.

E está olhando para mim, minha guitarra, e o seu violoncelo e o relógio no peitoril da janela. E vejo o que ela quer, e é a mesma coisa que quero há anos agora, mas não consigo acreditar que, depois de todo esse tempo, e agora que estamos sem tempo, ela está pedindo. Ainda assim, dou um pequeno aceno. Ela liga a guitarra, me joga a corda e liga o amplificador.

— Pode me dar um lá? — eu pergunto. Mia toca o lá em seu violoncelo. O acorde ecoa nas paredes, sinto uma descarga de eletricidade subindo pela minha espinha de uma forma que não acontece há muito, muito tempo.

Olho para Mia. Ela se senta à minha frente, o violoncelo entre as pernas. Seus olhos estão fechados, e posso dizer que ela está fazendo aquilo, ouvindo algo no silêncio. Então, de uma vez, Mia parece ter ouvido o que precisa ouvir. Seus olhos se abrem e estão em mim novamente, como se nunca tivessem saído. Ela pega o arco, aponta para minha guitarra com um leve aceno de cabeça. — Está pronto? — ela pergunta.

Há tantas coisas que eu gostaria de dizer a ela; acima de tudo, que eu sempre estive pronto. Em vez disso eu ligo o amplificador, pego uma palheta do bolso e apenas digo *sim*.

VINTE E UM

Tocamos durante horas, dias, anos. Ou talvez segundos. Não sei mais. Nós aceleramos, então desaceleramos, gritamos com nossos instrumentos. Ficamos sérios. Rimos. Ficamos em silêncio. Então barulhentos. Meu coração acelera, meu sangue no ritmo, meu corpo todo está tocando como eu me lembro: *Concerto* não significa ficar de pé como um alvo na frente de milhares de estranhos. Significa se juntar. Significa harmonia.

Quando finalmente fazemos uma pausa, estou suando e Mia está ofegante, como se tivesse corrido por quilômetros. Nós nos sentamos em silêncio, o som de nossa respiração rápida diminuindo no momento seguinte, as batidas de nosso coração se normalizando. Olho para o relógio. Já passa das cinco. Mia segue meu olhar. Ela solta o arco.

— E agora? — ela pergunta.

— Schubert? Ramones? — digo, apesar de saber que ela não aceita pedidos. Mas só consigo pensar em continuar tocando, porque pela primeira vez há muito tempo não há nada mais que eu queira fazer. E estou assustado com que acontece quando a música termina.

Mia aponta para o relógio digital tocando ameaçadoramente no peitoril da janela. — Acho que você não vai pegar seu voo.

Dou de ombros. Nem importa o fato de que há pelo menos uma dúzia de voos para Londres esta noite. — Consegue pegar o seu?

— *Não quero* pegar o meu — ela diz timidamente. — Tenho um dia livre antes de os recitais começarem. Posso ir embora amanhã.

De repente, visualizo Aldous andando de um lado para o outro no salão de embarque da Virgin, perguntando-se onde diabos eu estou, ligando para um celular que está em alguma cabeceira de hotel. Penso em Bryn, em Los Angeles, alheia ao terremoto que acontece aqui em Nova York que manda um tsunami na direção dela. E eu percebo que, antes de haver um próximo, há um agora que precisa ser resolvido. — Preciso fazer umas ligações — digo a Mia. — Para meu empresário, que está esperando por mim... e para Bryn.

— Ah, tá, claro. — Seu rosto fica entristecido quando ela corre para ficar de pé, quase derrubando o violoncelo na confusão. — O telefone está no andar de baixo. E eu devo ligar para Tóquio, só que acho que é de noite lá, então vou mandar um e-mail e ligar depois. E meu agente de viagem...

— Mia...

— Sim?

— Vamos resolver isso.

— Sério? — Ela não parece tão certa.

Eu faço que sim, apesar de meu coração estar batendo descompassadamente e de as peças do quebra-cabeça estarem girando enquanto Mia coloca o telefone sem fio na minha mão. Eu vou para o jardim, reservado e tranquilo à luz da tarde, com as cigarras de verão cantando para uma tempestade. Aldous atende na primeira ligação, e, no minuto em que escuto a voz dele e começo a falar, assegurando-o de que estou bem, os planos começam a sair da minha boca como se eu os tivesse pensado há muito, muito tempo. Explico que não vou para Londres agora, que não vou gravar clipe nenhum, nem vou dar nenhuma entrevista, mas que estarei na Inglaterra para o começo da turnê e que vou fazer cada um daqueles shows. O resto do plano está se formulando na minha cabeça — parte do qual já se solidificou de alguma forma nebulosa na noite passada —, eu guardo para mim mesmo, mas acho que Aldous já percebeu.

Não consigo ver Aldous, então não posso saber se ele pisca ou recua ou fica surpreso, mas ele não pestaneja. — Você vai honrar todos os compromissos da turnê? — ele repete.

— Sim.

— O que vou dizer para a banda?

— Eles podem fazer o clipe sem mim, se quiserem. Eu os vejo no Guildford — digo, me referindo ao grande festival de música na Inglaterra que vamos fechar para começar a turnê. — Depois explico tudo a eles.

— Onde vai estar nesse meio-tempo? Se alguém precisar de você.

— Diga a todos para não precisarem de mim.

A próxima ligação é mais difícil. Eu queria não ter escolhido hoje para largar o cigarro. Em vez disso, faço os exercícios de respiração profunda como os médicos me mostraram e apenas ligo. Uma jornada de mil quilômetros começa com dez dígitos, certo?

— Achei que fosse você — Bryn diz quando escuta minha voz. — Perdeu seu telefone novamente? Onde está?

— Ainda estou em Nova York. No Brooklyn — faço uma pausa. — Com a Mia.

Um silêncio de pedra toma conta e eu preencho esse silêncio com um monólogo que é o quê?... não sei: uma explicação apressada da noite que aconteceu por acidente, o reconhecimento de que as coisas nunca estiveram certas entre nós, certas da forma como ela queria que fossem, e como resultado eu fui uma porcaria de namorado. Digo a Bryn que espero que ela tenha mais sorte com o próximo cara.

— É, eu não me preocuparia com isso — ela diz com uma tentativa de risada, mas não sai bem assim. Há uma longa pausa. Estou esperando o ataque, suas recriminações, todas as coisas que antecipo. Mas ela não diz nada.

— Ainda está aí?

— Sim, estou pensando.

— Sobre o quê?

— Estou pensando se eu preferiria que ela tivesse morrido.

— Jesus, Bryn!

— Ah, cala a boca! Não é você quem deve ficar ofendido. Não agora. E a resposta é não. Não quero a morte dela. — Ela faz uma pausa. — Mas não estou certa de quanto a você. — Daí ela desliga.

Fico lá, segurando o telefone na orelha, absorvendo as últimas palavras da Bryn, me perguntando se haveria um toque de absolvição na hostilidade dela. Não sei se importa, porque, enquanto sinto o cheiro de ar fresco, sinto um alívio se apoderar de mim.

Depois de um tempo, levanto o olhar. Mia está parada na porta de vidro de correr, esperando ser liberada. Dou a ela um aceno tonto, e ela lentamente caminha para o pátio de tijolos onde estou, ainda segurando o telefone. Ela o agarra, como se fosse um bastão de revezamento prestes a ser repassado. — Está tudo bem? — ela pergunta.

— Estou livre, digamos, dos meus compromissos anteriores.

— Da turnê? — ela soa surpresa.

Balanço a cabeça. — Da turnê, não. Mas de toda a merda que leva a ela. E meus outros embaraços.

— Ah.

Nós dois só ficamos aqui por um tempo, sorrindo como panacas, ainda segurando o telefone sem fio. Finalmente eu o solto e o coloco na mesa de ferro, sem nunca soltar a mão dela.

Passo meu dedão sobre os calos da sua mão e pelos nós de seus dedos e pulso. É ao mesmo tempo natural e um privilégio. Esta é a *Mia* que estou tocando. E ela está *permitindo*. Não apenas permitindo, mas fechando os olhos e se inclinando para isso.

— Isto é real. Tenho permissão de tocar esta mão? — pergunto, trazendo-a até o meu rosto sem barbear.

Mia sorri como chocolate derretido. É um solo de guitarra matador. É tudo de bom no mundo. — *Hummm* — ela responde.

Eu a puxo para mim. Milhares de sóis se erguem do meu peito. — Tenho permissão para fazer *isto*? — pergunto, pegando os dois braços dela nos meus e dançando lentamente com ela pelo jardim.

Seu rosto todo está sorrindo agora. — Tem — ela murmura.

Corro minha mão de cima a baixo de seus braços nus. Eu a giro pelos canteiros explodindo com plantas perfumadas. Enterro minha cabeça no seu cabelo e sinto o cheiro dela, da noite da cidade de Nova York que penetrou nela. Sigo o seu olhar para cima, para o céu.

— Então, acha que estão nos observando? — pergunto quando dou à cicatriz no ombro dela o mais leve dos beijos e sinto flechadas de calor por cada parte do meu corpo.

— Quem? — Mia pergunta, inclinando-se para mim, tremendo levemente.

— Sua família. Já que você acha que eles estão de olho em você. Acha que podem ver isto? — Eu passo meu braço na cintura dela e a beijo atrás da orelha, da mesma forma que costumava enlouquecê-la, da mesma forma como ainda parece enlouquecer. Me ocorre que parece haver algo bizarro nas minhas perguntas, mas não sinto assim. Na noite passada, o fato de sua família saber das minhas ações me envergonhou, mas, agora, não é que eu queira que eles vejam *isso*, quero que eles *saibam* disso, sobre nós.

— Gostaria de pensar que eles me dariam privacidade — ela está se abrindo como um girassol aos beijos que dou em seu queixo. — Mas meus vizinhos definitivamente podem ver. — Ela passa a mão pelo meu cabelo e é como se ela tivesse eletrocutado meu couro cabeludo, se um choque pudesse ser tão gostoso.

— E aí, vizinho? — digo, fazendo círculos na base da clavícula dela com meu dedo.

As mãos de Mia entram debaixo da minha camiseta, minha camiseta suja, fedida, preta, de boa sorte. O toque dela não é mais suave. Está explorando, os dedos começando a se mover com certa urgência. — Se isso for adiante, meus vizinhos vão ter um show — ela cochicha.

— Somos artistas, afinal — eu respondo, passando as mãos por baixo da camisa dela e correndo pelas suas costas, depois de volta para baixo. Nossa pele busca contato, como ímãs, há muito tempo privadas.

Corro o dedo pelo seu pescoço, pelo queixo, então o pego com minha mão. E paro. Ficamos lá por um momento, olhando um para o outro, saboreando. Então de repente estamos na grama. As pernas de Mia estão no chão, enroladas na minha cintura, suas mãos afundando no meu cabelo, minhas mãos emaranhadas nas dela. E nossos lábios. Não há pele suficiente, saliva suficiente, tempo suficiente para os anos perdidos que nossos lábios estão tentando compensar enquanto encontram um ao outro. Nos beijamos. A corrente elétrica vai ao máximo. Todas as luzes do Brooklyn devem estar piscando.

— Para dentro! — Mia ordena, suplica, e, com suas pernas ainda enroladas em mim, eu a carrego de volta para sua casa minúscula, de volta ao sofá onde horas atrás nós dormimos, separadamente juntos.

Desta vez estamos bem acordados. E juntos.

Caímos no sono e acordamos no meio da noite, famintos. Pedimos comida. Comemos no andar de cima, na cama. É como um sonho, só que a parte mais incrível é acordar de madrugada. Com Mia. Vê-la dormindo lá e me sentir mais feliz do que nunca. Eu a puxo para perto e caio no sono novamente.

Mas, quando acordo, algumas horas depois, Mia está sentada numa cadeira debaixo da janela, suas pernas enroladas, seu corpo enrolado num velho cobertor de lã que sua avó tricotou. E ela parece arrasada, e o medo que me invade como uma granada no estômago é quase tão ruim quanto qualquer coisa que eu já tenha temido com ela. E isso é muito. Só consigo pensar: *não posso perdê-la novamente. Vai me matar desta vez.*

— Que foi? — pergunto, antes que perca a coragem para perguntar e faça algo idiota como ir embora antes que meu coração seja realmente incinerado.

— Só estava pensando no colégio — Mia diz com tristeza.

— Isso deixaria qualquer um para baixo.

Mia não morde a isca. Ela não ri. Desmorona na cadeira. — Estava pensando em como estamos novamente no mesmo barco. Quando eu ia para Juilliard e você ia para, bem, onde você está agora. — Ela abaixa o olhar, torce a franja do cobertor no dedo até a ponta da pele ficar branca. — Só que tínhamos mais tempo naquela época para nos preocuparmos com isso. E agora temos um dia, ou tínhamos. A noite passada foi incrível, mas foi só uma noite. Tenho mesmo de ir embora para o Japão daqui a umas sete horas. E você tem a banda. Sua turnê. — Ela pressiona novamente os olhos com as mãos.

— Mia, pare! — Minha voz ecoa nas paredes do quarto. — Nós *não* estamos mais na escola!

Ela olha para mim, uma pergunta permanece no ar.

— Olha, minha turnê só começa daqui a uma semana.

Uma leve esperança começa a flutuar no espaço entre nós.

— E, sabe, eu estava pensando que estou com desejo de sushi.

O sorriso dela é triste e lamentável, não exatamente o que eu esperava. — Você quer ir ao Japão comigo? — ela pergunta.

— Já estou lá.

— Eu adoraria. Mas daí o quê... quero dizer, sei que podemos combinar algo, mas vou ficar tanto tempo na estrada e?...

Como pode ser tão nebuloso para ela quando é como os dedos da mão para mim? — Eu serei o seu convidado — digo a ela. — Seu *groupie*. Seu *roadie*. Seja o que for. Para onde você for, eu vou. Se você quiser isso. Se não quiser, eu entendo.

— Não, eu quero. Pode confiar, eu quero. Mas como iria funcionar? Com seus horários? Com a banda?

Eu paro. Dizer em voz alta vai fazer virar realidade. — Não há mais banda. Para mim, pelo menos, já deu. Depois desta turnê, eu termino.

— Não! — Mia balança a cabeça com tal força, as longas mechas de seu cabelo acertam a parede atrás dela. O olhar determinado em seu rosto é algo que eu reconheço muito bem, e sinto meu estômago se esvaziar. — Não pode fazer isso por mim — ela acrescenta, com a voz suavizando. — Não vou aceitar mais esmolas.

— Esmolas?

— Nos últimos três anos todo mundo, exceto talvez os professores da Juilliard, me deu esmolas. Pior ainda, eu dei a mim mesma esmolas, e isso não ajudou em nada. Não quero ser essa pessoa que apenas aceita as coisas. Já aceitei demais de você. Não vou deixar você jogar fora tudo o que ama para ser meu enfermeiro ou carregador.

— Mas é assim — eu murmuro. — Eu perdi o amor pela música.

— Por minha causa — Mia diz, lastimando.

— Por causa da vida — respondo. — Sempre vou tocar. Posso até gravar novamente, mas agora preciso de um tempo livre com minha guitarra para me lembrar de por que entrei na música, para começar. Estou deixando a banda, queira você ou não. E, quanto a ser enfermeiro e tal, sou *eu* que estou precisando de um. Sou *eu* que tenho a bagagem.

Tento fazer soar como uma piada, mas Mia sempre enxerga além da bobagem; as últimas vinte e quatro horas provaram isso.

Ela olha para mim com aqueles olhos fuzilando. — Sabe, pensei muito nesses últimos anos — ela diz num engasgo. — Sobre quem estava lá para cuidar de *você*. Quem segurava sua mão quando você sofria por tudo que *você* perdeu?

As palavras de Mia sacodem algo em mim, e de repente há lágrimas em todo o meu rosto novamente. Não choro há três anos, e agora isso acontece pela segunda vez em muitos dias.

— É a minha vez de enxergar além — ela cochicha, voltando-se para mim e me enrolando no cobertor quando eu desmorono novamente. Ela me abraça até eu me recuperar. Então se vira para mim, com o olhar levemente distante: — Seu festival é no próximo sábado, certo? — ela pergunta.

Eu faço que sim.

— Tenho dois recitais no Japão e um na Coreia na quinta, então posso sair na sexta, e ganha-se um dia de volta quando se viaja para o oeste. E o meu próximo compromisso, em Chicago, é uma semana depois. Então, se voarmos direto de Seul para Londres...

— O que está dizendo?

Ela parece tão tímida quando pede isso, como se houvesse uma chance de eu dizer não, como se isso não fosse o que eu sempre quis.

— Posso ir para o festival com você?

VINTE E DOIS

— Por que eu nunca vou a nenhum show? — Teddy perguntou.

Estávamos todos sentados ao redor da mesa, Mia, Kat, Denny, Teddy e eu, o terceiro filho, que se acostumou a comer lá. Não podem me culpar. Denny cozinhava bem melhor do que minha mãe.

— Que foi, rapazinho? — Denny perguntou, pondo uma colherada de purê de batata no prato de Teddy ao lado do salmão grelhado e do espinafre que Teddy tentou, sem sucesso, recusar.

— Estava olhando para os velhos álbuns de foto. E Mia foi a todos esses shows na época. Quando era bebê, até. E eu não fui a nenhum. E tenho praticamente oito anos.

— Você fez sete há cinco meses — Kat gargalhou.

— Mesmo assim. Mia foi antes de aprender a andar. Não é justo!

— E quem te disse que a vida é justa? — Kat perguntou, levantando uma sobrancelha. — Certamente não fui eu. Sou uma seguidora da Escola da Dureza da Vida.

Teddy virou-se para um alvo mais fácil. — Pai?

— Mia foi aos shows porque eram meus, Teddy. Era nosso momento em família.

— E você *vai* a shows — Mia disse. — Você vai para meus recitais.

Teddy pareceu tão enjoado quanto quando Denny lhe serviu espinafre.

— Isso não conta. Quero ir a shows barulhentos e usar *mufflers*. — Os *mufflers* eram os fones de ouvido gigantes que Mia havia usado quando criança, quando ia para os shows da velha banda do Denny. Ele tocava numa banda punk, uma banda punk bem barulhenta.

— Os *mufflers* foram aposentados, temo eu — Denny disse. O pai de Mia havia largado a banda fazia muito tempo. Agora era um professor de meia-idade que usava ternos vintage e fumava cachimbo.

— Você pode ir a um dos meus shows — eu disse, pegando um pedaço de salmão.

Todo mundo na mesa parou de comer e olhou para mim, todos da família Hall me dando um olhar desaprovador. Denny apenas parecia cansado com a caixa de pandora que eu abri. Kat pareceu irritada com o fato de eu passar por cima de sua autoridade materna. E Mia — que por algum motivo tinha esse muro gigante entre sua família e minha banda — estava jogando facas. Só Teddy — de joelhos na cadeira, batendo palmas — ainda estava no meu time.

— Teddy não pode ficar acordado até tão tarde — Kat disse.

— Vocês deixavam Mia ficar acordada até tarde quando ela era pequena — Teddy retrucou.

— *Nós* não podemos ficar acordados até tão tarde — Denny disse, cansado.

— E eu não acho apropriado — Mia bufou.

Imediatamente senti a familiar irritação dentro de mim. Porque essa era a coisa que eu nunca entendia. Por um lado, a música era um laço comum entre Mia e eu, e eu, sendo o cara do rock, *tinha* de ser parte da atração dela. E nós dois sabíamos que o que encontrávamos de comum na casa dela — onde estávamos o tempo todo — era como um santuário para nós. Mas ela havia banido a família dela dos meus shows. No ano em que estivemos juntos, eles nunca foram. Mesmo que Denny e Kat tivessem insinuado que gostariam de ir, Mia estava sempre dando desculpas porque um show ou outro não era o momento certo.

— Apropriado? Você disse que não é "apropriado" o Teddy ir ao meu show? — perguntei, tentando manter a voz sob controle.

— Sim, disse. — Ela não podia ter soado mais defensiva ou brusca se tentasse.

Kat e Denny se entreolharam. Qualquer irritação que eles tivessem comigo se transformou em solidariedade. Eles sabiam o que era a desaprovação de Mia.

— Tá, primeiro, você tem dezesseis anos. Você não é uma bibliotecária. Então você não pode dizer "apropriado". E segundo: por que diabos não é?

— Tudo bem, Teddy — Kat disse, pegando o seu prato. — Você pode comer na sala, na frente da TV.

— Sem chance, quero ver isso!

— Bob Esponja? — Denny ofereceu, puxando-o pelo cotovelo.

— Por sinal — eu disse para Denny e Kat —, o show que eu estava pensando era esse grande festival na praia no mês que vem. Vai ser durante o dia, num fim de semana, e ao ar livre, então não é tão barulhento. Por isso achei que seria legal para o Teddy. Para vocês todos, na verdade.

A expressão da Kat suavizou. Ela assentiu. — Isso parece legal. — Então apontou para Mia como para dizer: *Mas você tem coisas maiores a tratar.*

Os três saíram da cozinha. Mia estava caída na cadeira, parecendo ao mesmo tempo culpada e como se não houvesse jeito nenhum de ela ceder.

— Qual é o seu problema? — eu questionei. — Qual é a coisa da sua família com a minha banda? Acha que somos tão ruins assim?

— Não, claro que não!

— Você não gosta que eu e seu pai falemos de música o tempo todo?

— Não, não me importo que falem de rock.

— Então o que foi, Mia?

A menor gota rebelde se formou no canto do olho dela, e ela limpou com raiva.

— O quê? Qual é o problema? — perguntei, suavizando. Mia não costumava ter lágrimas de crocodilo, ou qualquer lágrima que fosse.

Ela balançou a cabeça, seus lábios bem fechados.

— Pode me contar? Não pode ser pior do que eu pensar que você tem vergonha da Shooting Star porque você acha que somos uma porcaria danada.

Ela balançou a cabeça novamente. — Você sabe que não é verdade. É só que... — Ela fez uma pausa, como se pesasse uma grande decisão. Então suspirou. — A banda. Quando você está com a banda, já tenho de dividir você com todo mundo. Não quero acrescentar minha família a esse caldo também. — Então ela perdeu a batalha e começou a chorar.

Toda a minha irritação derreteu. — Sua boboca — eu falei, beijando-a na testa. — Você não me divide. Você me tem.

Mia cedeu. Sua família toda foi ao festival. Foi um fim de semana fantástico, vinte bandas do noroeste, nem uma nuvem de chuva. A coisa toda foi demais, dando origem a um CD ao vivo e uma série de festivais que continuam até hoje.

Teddy insistiu em usar os *mufflers*, então Kat e eu passamos uma hora revirando e escavando caixas no porão até encontrá-los.

Mia geralmente gostava de ficar nos bastidores dos shows, mas, quando a Shooting Star tocou, ela estava bem na frente do palco, saindo do ponto dos *moshes*, dançando com Teddy o tempo todo.

VINTE E TRÊS

Você começa a me examinar
Então passa a me dissecar
Daí é hora de me rejeitar
Espero pelo dia em que você vai me ressuscitar[11]
"Animate"
Collateral damage, faixa 1

Quando nosso voo aterrissa em Londres, está caindo o mundo, então nós dois nos sentimos em casa. São cinco da tarde. Seguimos para Guildford naquela noite. Tocamos na noite seguinte. Então é contagem regressiva até a liberdade total. Mia e eu montamos uma agenda para os três próximos meses enquanto estou em turnê e ela também, intervalos aqui e ali onde podemos nos encontrar, visitar um ao outro. Não vai ser lindo, mas, comparado aos últimos três anos, ainda é um paraíso.

Já passa das oito quando chegamos ao hotel. Pedi a Aldous que me reservasse o mesmo lugar do resto da banda, não apenas para o festival, mas por toda a turnê. Qualquer que seja o sentimento deles por

[11] *First you inspect me*
Then you dissect me
Then you reject me
I wait for the day
That you'll resurrect me

eu deixar a Shooting Star, dormir a dois quilômetros de distância não vai minimizar nada. Não mencionei Mia para Aldous nem para ninguém, e milagrosamente conseguimos manter o nome dela fora dos tabloides até agora. Ninguém parece saber que passei a última semana na Ásia com ela. Todo mundo está ocupado demais fofocando sobre o novo namorado de Bryn, um ator australiano.

Há um bilhete na recepção me informando de que a banda está tendo um jantar particular no restaurante, e pedem para me juntar a eles. Eu de repente me sinto conduzido a uma execução, e, depois da minha viagem de quinze horas de Seul, não gostaria de nada além de uma chuveirada primeiro, e talvez vê-los amanhã. Mas Mia me puxa de lado. — Não, você deveria ir.

— Você vem também? — Eu me sinto mal fazendo isso. Ela acabou de tocar em três concertos impressionantes e loucamente bem recebidos no Japão e na Coreia, depois seguiu pelo mundo e diretamente para o meu psicodrama. Mas tudo isso será suportável se ela estiver comigo.

— Tem certeza? — ela pergunta. — Não quero me intrometer.

— Confie em mim; se alguém está se intrometendo, sou eu.

O mensageiro pega nossas coisas e leva para o quarto, e o gerente nos guia pelo saguão. O hotel fica num velho castelo, mas foi derrubado pelos roqueiros. Um bando de músicos diferentes me cumprimenta, mas estou nervoso demais agora para responder. Caminhamos até chegar a um lugar mal iluminado. A banda está toda lá, junto com um bufê gigante servindo um tradicional assado inglês.

Liz se vira primeiro. As coisas não têm sido as mesmas entre nós dois desde a turnê do *Collateral damage*, mas o olhar que ela me dá agora, não sei como descrever: como se eu fosse a maior decepção da vida dela, mas ela tenta ir além disso e deixar de lado, agir casualmente, como se eu fosse apenas um dos fãs, um dos agregados, uma das muitas pessoas que querem algo dela e ela não seja obrigada a dar.

— Adam — ela diz com um rápido aceno.

— Liz — respondo com cautela.

— Ei, babacão! Que bom que se juntou a nós! — A voz irreprimível de Fitzy é ao mesmo tempo sarcástica e receptiva, como se ele não decidisse para onde ir.

Mike não diz nada. Apenas finge que eu não existo.

Então sinto o toque de Mia no meu ombro, quando ela sai de trás de mim. — Oi, gente — ela diz.

O rosto de Liz fica pálido por um momento. Como se ela não soubesse quem é Mia. Parece assustada, como se tivesse visto um fantasma. Então minha baterista machona começa a tremer os lábios, e seu rosto se desmonta. — Mia? — ela pergunta, sua voz trêmula. — Mia? — ela pergunta mais alto desta vez. — Mia! — ela diz, lágrimas correndo por seu rosto antes de ela dar um abraço na minha menina.

Quando solta Mia, segura no seu braço e olha para ela e de volta para mim, então de volta para Mia. — Mia? — ela grita, ao mesmo tempo perguntando e respondendo à própria pergunta. Então se vira para mim. E, se não estou perdoado, pelo menos sou compreendido.

A chuva continua no dia seguinte. — Que adorável verão inglês estamos tendo — todo mundo brinca. Tornou-se meu hábito me prender nesses tipos de festivais gigantes, mas, percebendo que esse provavelmente será o último por um tempo, pelo menos como participante, eu deslizo para dentro do *ground*, escuto algumas bandas nos palcos laterais, converso com alguns amigos e conhecidos e até falo com alguns repórteres de rock. Tenho cuidado para não mencionar o fim da banda. Isso virá com o tempo, e vou deixar todo mundo decidir como dar a notícia. Porém, comento brevemente sobre Bryn e minha separação, que já está em todos os tabloides mesmo. Perguntam sobre a nova mulher misteriosa, e eu simplesmente digo: *Sem comentários*. Sei que isso *tudo* vai sair logo mais e, embora eu queira poupar Mia do circo, não me importo se o mundo todo souber que estamos juntos.

Quando chega nosso horário, a chuva diminuiu para uma suave neblina que parece dançar no crepúsculo tardio do verão. A multidão há muito aceitou a garoa. Há lama por todo lado, e as pessoas estão rolando como se fosse Woodstock, ou sei lá.

Antes do show, a banda estava nervosa. Os festivais fazem isso com a gente. Uma aposta maior do que shows normais, até shows de estádio, os festivais têm plateias exponencialmente maiores, e plateias que incluem nossos pares. Só que esta noite eu estou calmo. Minhas fichas estão todas recolhidas. Não há nada a perder. Ou talvez eu já tenha perdido e redescoberto, e, o que quer que haja a perder, não tem nada a ver com o que acontece no palco. O que pode explicar por que estou curtindo tanto aqui, tocando nossas novas músicas na minha velha Les Paul Junior, outro pedaço de história trazido dos mortos. Liz olhou duas vezes quando me viu tirá-la do antigo estojo. — Achei que você tinha se livrado desse troço — ela disse.

— É, eu também — respondi, jogando um sorriso particular para Mia.

Passamos pelo álbum novo, então demos um pouco de *Collateral damage* e, antes de eu me dar conta, estamos quase no final da apresentação. Olho para o setlist preso na frente do palco. Escrita lá, na letra blocada de Liz, está a última música antes que voltemos para o inevitável bis. "Animate". Nosso hino, como dizia nosso velho produtor, Gus Allen. A parte mais raivosa de *Collateral damage*, os críticos diziam. Provavelmente nosso maior hit. É um grande presente para o público nas turnês por causa do refrão, que a plateia adora cantar.

É também uma das poucas músicas que já fizemos com algum tipo de produção, arranjo de corda com violinos sobre a faixa gravada, apesar de não ter isso na versão ao vivo. Então, quando começamos, não é aquele uivo da empolgação da plateia que escuto, mas o som do violoncelo dela tocando na minha cabeça. Por um segundo, tenho essa visão de nós dois em um quarto anônimo de hotel em algum lugar, vadiando, ela no violoncelo, eu na guitarra, tocando essa música que escrevi para ela. E, merda, isso me deixa feliz para danar.

Canto com tudo o que tenho. Então, vamos para o refrão: *Me odeie. Me devaste. Me aniquile. Me recrie. Me recrie. Por que não, por que não, por que não me recria?*

No disco, o refrão é repetido seguidamente, um grito de fúria e perda, e se tornou um hábito para mim nos shows parar de cantar e virar o microfone para a plateia e deixá-la assumir. Então, viro o microfone em direção ao campo, e a plateia apenas fica insana, cantando minha música, o meu apelo.

Eu os deixo com isso e caminho pelo palco. O resto da banda vê o que está acontecendo e só continua tocando o refrão. Quando chego mais perto da lateral do palco, eu a vejo lá, onde ela sempre se sentiu mais confortável, apesar de saber que é ela que estará sob os holofotes da próxima vez. E eu estarei com ela, e isso parece certo também.

A plateia continua cantando, continua assumindo o show, e eu continuo dedilhando até estar próximo o suficiente dos olhos dela.

Então começo a cantar o refrão. Bem para ela. E ela sorri para mim, e é como se fôssemos as únicas pessoas lá, os únicos que sabem o que está acontecendo. Que essa música que todos estamos cantando juntos está sendo reescrita. Não é mais um apelo raivoso gritado ao vazio. Aqui, neste palco, na frente de oitenta mil pessoas, está se tornando outra coisa.

Este é nosso novo compromisso.

AGRADECIMENTOS

É costume nesse tipo de situação os escritores agradecerem seus editores e agentes separadamente. Mas, quando penso na minha carreira de escritora, frequentemente me imagino acompanhada de minha editora, Julie Strauss-Gabel, e de minha agente, Sarah Burnes. Essas duas guerreiras do livro, fortemente inteligentes, são parte integrante na criação e condução da minha obra, de forma que é difícil separá-las. Sarah aconselha, defende e me ajuda a manter as coisas em sua perspectiva. O maior talento de Julie é que ela me dá a chave para destravar minhas histórias. As duas são meus pilares.

Mas, como diz o ditado, é preciso uma cidade. E, no caso de Julie, consiste em muita, muita gente dedicada na Penguin Young Readers Group. Vou poupar algumas árvores e não listar todas, mas basta dizer que há dúzias de pessoas no departamento de vendas, marketing, publicidade, design, internet e produção a quem sou profunda e diariamente grata. Muito obrigada a Don Weisberg, Lauri Hornik, Lisa Yoskowitz e Allison Verost, que é em partes iguais assessora, terapeuta e amiga.

A colaboração de Sarah na The Gernert Company inclui Rebecca Gardner, Logan Garrison, Will Roberts e a formidável Courtney Gatewood, que, para alguém inclinada à dominação, é notavelmente adorável.

Obrigada a Alisa Weilerstein, por me inspirar, assim como abrir mão de parte de seu precioso tempo para me ajudar a entender a trajetória da carreira de uma jovem violoncelista profissional. Obrigada a Lynn Eastes, coordenador de traumatologia no OHSU, por oferecer dicas para o processo de recuperação e reabilitação de Mia.

Obrigada a Sean Smith, pela visão de especialista na indústria do cinema (e um milhão de outras coisas). Tudo o que acertei sobre esses detalhes é mérito dessas pessoas. Tudo o que coloquei de errado é culpa minha.

Obrigada a Edna St. Vincent Millay Society, pelo uso generoso de um dos meus sonetos favoritos de todos os tempos: *Love is not all; it's not meat nor drink.* Muitos poemas de Edna St. Vincent são incrivelmente românticos e ainda meio ousados depois de todos esses anos. Incluí somente a segunda metade desse soneto no livro; se eu fosse você, procuraria o soneto inteiro.

Obrigada aos meus leitores em todos os estágios: Jana Banin, Tamara Glenny, Marjorie Ingall, Tamar Schamhart e Courtney Sheinmel, pela mistura certa de encorajamento e crítica.

Obrigada a meu outro ponto de apoio — minha comunidade de vizinhos —, por cuidar dos meus filhos e me dar cobertura em geral. Isabel Kyriacou e Gretchen Sonju, serei eternamente grata!

Obrigada a toda a família Christie, por sua firme graça e generosidade.

Obrigada a Greg e Diane Rios, por continuarem essa jornada conosco.

Obrigada a minha família, os Forman, Schamhart e Tucker, pela comemoração e pelos aplausos. Agradecimentos extras a minha irmã, por vender meus livros pessoalmente a metade da população de Seattle.

Obrigada a minhas filhas: Denbele, que chegou a nossa família na metade da escrita deste livro, e, se ela achou estranho que sua nova mãe ocasionalmente parecesse canalizar um raivoso moleque de vinte e um anos, nunca deixou isso prejudicar seu entusiasmo. E a Willa, que sem querer me forneceu tantos nomes fictícios de bandas/filmes/

personagens de uma forma que apenas uma menina de quatro/cinco anos pode fazer. Eu provavelmente deveria aumentar sua mesada.

Obrigada a meu marido, Nick, por suas críticas não tão gentis que sempre me forçam a melhorar. Pelas playlists sublimes que trazem música a minha vida (e livros). Por me fornecer todos esses detalhezinhos de bandas. E por ser a razão pela qual eu não consigo parar de escrever histórias de amor sobre guitarristas.

E, finalmente, obrigada a todos os livreiros, bibliotecários, professores e blogueiros. Por ajudarem os livros a decolar.

Confira um trecho exclusivo
do próximo livro de Gayle Forman,

Apenas um Dia

Apenas um Dia

Gayle Forman

parte um

UM DIA

1

agosto

Stratford-upon-Avon, Inglaterra

E SE SHAKESPEARE ENTENDEU TUDO ERRADO?

Ser ou não ser, eis a questão. Isso é de Hamlet, talvez o monólogo mais famoso de Shakespeare. Tive que decorar todo o discurso no primeiro ano de inglês do ensino médio, e até hoje consigo me lembrar de cada palavra. Na época, não pensei muito sobre o assunto. Só queria decorar direito todas as palavras e tirar meu A. Mas, e se Shakespeare, e Hamlet, estivessem fazendo a pergunta errada? E se a verdadeira pergunta não se referir a *ser*, mas a *como* ser?

O problema é que eu não sei se teria feito esse questionamento – *como* ser – se não fosse por *Hamlet*. Talvez tivesse continuado a ser a Allyson Healey que sempre fui. Fazendo o que era esperado, o que, neste caso, era assistir a *Hamlet*.

– Meu Deus, está muito calor. Achei que nunca ficasse tão quente assim na Inglaterra. – Minha amiga Melanie prende o cabelo louro num coque e abana o pescoço suado. – Por falar nisso, a que horas eles abrem as portas?

Olhei para a Sra. Foley, a quem, pelas costas, Melanie e basicamente todo o restante do grupo batizaram de Nossa Líder Destemida, mas ela estava conversando com Todd, um dos formandos de história que ajudavam a liderar a viagem, provavelmente lhe dando uma bronca por um motivo ou outro. No Teen Tours! A brochura da Extravaganza Cultural que meus pais me deram de presente por ocasião da minha formatura no ensino médio, dois meses atrás, chamava os estudantes como Todd de "consultores históricos" do Teen Tours! No entanto, até aquele momento, Todd tinha sido mais útil estimulando as ressacas, levando todo mundo para beber quase toda noite. Tenho certeza de que esta noite todo mundo vai se jogar. Afinal, esta é nossa última parada, Stratford-upon-Avon, uma cidade repleta de cultura! O que parece se traduzir num número desproporcional de pubs com nomes que homenageiam Shakespeare e frequentados por pessoas que usam tênis brancos chamativos.

Enquanto dá bronca em Todd, a Sra. Foley está usando seus próprios tênis brancos, assim com uma calça jeans azul impecavelmente passada e uma camiseta polo do Teen Tours! Às vezes, à noite, quando todos estão na rua, ela me diz que precisa ligar para a matriz para falar sobre ele. Contudo, parece que nunca coloca isso em prática. Acho que, em parte, é porque, quando o repreende, ele flerta. Mesmo com a Sra. Foley. Principalmente com a Sra. Foley.

– Acho que começa às sete horas – respondo a Melanie. Olho para o relógio, outro presente de formatura, de ouro maciço, a frase *Pelo Mundo* gravada na parte de trás. O relógio pesa muito no meu pulso suado. – Agora são seis e meia.

– Nossa, os ingleses adoram fazer fila. Deveriam ter aprendido com os italianos, que simplesmente se aglomeram. Ou talvez os italianos devessem ter aprendido com os ingleses. – Melanie puxa a minissaia, a saia Band-Aid, como ela diz, e ajeita a miniblusa. – Meu Deus, Roma. Parece que faz um ano.

Roma? Isso foi há seis dias? Ou há 16? Toda a Europa tinha se tornado uma mistura de aeroportos, ônibus, prédios antigos e menus executivos que serviam frango com vários tipos de molho diferentes. Quando meus pais me deram esta viagem como presente de formatura do ensino médio, fiquei um pouco relutante em ir. Mas mamãe me garantiu que havia pesquisado: o Teen Tours! era muito bem cotado, conhecido por seu alto comprometimento com a educação, assim como pelo cuidado com os estudantes. Eu estaria em boas mãos. "Você nunca estará sozinha", prometeram meus pais. E, claro, Melanie também viria.

E eles estavam certos. Sei que todo mundo detesta os olhos de águia da Sra. Foley, mas eu gosto da maneira como ela sempre faz a contagem do grupo, gosto até de como desaprova as incursões noturnas aos bares locais, ainda que, na Europa, a maioria de nós já seja legalmente autorizada a beber; não que alguém por aqui pareça dar a mínima para essas coisas.

Eu não frequento bares. Geralmente volto para o quarto de hotel que divido com Melanie e assisto a um filme. Quase sempre é possível encontrar filmes americanos, o mesmo tipo de filme a que, em casa, Melanie e eu geralmente assistimos juntas nos finais de semana, no meu quarto ou no dela, com muita pipoca.

– Estou torrando aqui – reclama Melanie. – E ainda estamos, tipo, no meio da tarde.

Olho para cima. O sol está quente e as nuvens passam depressa pelo céu. Gosto da maneira como elas passam, com nada em seu caminho. Pelo céu, pode-se ver que a Inglaterra é uma ilha.

– Pelo menos o céu não está desabando, como no dia em que chegamos aqui.

– Você tem uma presilha? – pergunta Melanie. – Não, claro que não. Aposto que está adorando seu cabelo agora.

Minha mão vai a minha nuca, ainda esquisita, estranhamente exposta. O Teen Tour! começou em Londres, e, na tarde do segundo dia, tivemos algumas horas livres para fazer compras, o que, imagino, deve ser considerado cultura. Durante esse tempo, Melanie me convenceu a cortar o cabelo bem curto. Era tudo parte do plano de reinvenção pré-faculdade, que ela havia me explicado durante o voo de vinda:

– Ninguém na faculdade saberá que éramos como robôs de processamento automático. Quer dizer, somos bonitas demais para sermos apenas geniazinhas, e, na faculdade, todo mundo é inteligente. Então podemos ser legais e inteligentes. Uma coisa não vai mais excluir a outra.

Aparentemente, para Melanie, essa reinvenção significava o novo guarda-roupa curtíssimo com o qual queimou na Topshop metade do dinheiro que trouxe, e a abreviação do nome de Melanie para Mel, algo que nunca me lembro de fazer, independentemente de quantas vezes ela me chute por debaixo da mesa. Para mim, acho que a reinvenção significou o corte de cabelo que ela me convenceu a adotar.

Eu surtei quando me vi. Até onde consigo me lembrar, sempre tive cabelo comprido e preto, sem franja, e a garota olhando para mim no espelho do salão não se parecia nada comigo. Àquela altura, fazia apenas dois dias que tínhamos chegado, mas eu já estava com um buraco no estômago de tanta saudade. Queria estar de volta em casa, no meu quarto com as conhecidas paredes cor de pêssego e minha coleção de despertadores *vintage*. Perguntei-me como conseguiria sobreviver à faculdade se não conseguia sequer lidar com isso.

Mas me acostumei com o cabelo, e a saudade quase passou totalmente; mesmo que não tivesse passado, o *tour* está quase no fim. Amanhã quase todo mundo tomará o ônibus direto para o aeroporto e voará de volta para casa. Melanie e eu vamos pegar um trem até Londres para passar três dias com a prima dela. Melanie está falando em voltar ao salão onde fiz o meu corte para fazer uma mecha cor-de--rosa no cabelo dela, e vamos assistir a *Let it Be,* no West End. No domingo, iremos para casa e logo depois começaremos a faculdade: eu, perto de Boston; Melanie, em Nova York.

– Libertem Shakespeare!

Levanto os olhos. Um grupo de aproximadamente 12 pessoas está indo e voltando pela fila, distribuindo panfletos coloridos. De cara, dá para notar que não são americanos: sem tênis brancos reluzentes ou shorts estilo cargo. São todos absurdamente altos e magros e, de certo modo, diferentes. É como se a própria estrutura óssea deles fosse diferente.

– Ah, vou querer um desses. – Melanie estende a mão e usa o panfleto para se abanar.

– O que diz aí? – pergunto a ela, olhando para o grupo. Aqui na turística Stratford-upon-Avon eles chamam a atenção como papoulas laranja fluorescentes num campo verde.

Uma garota com o tipo de mecha rosa que Melanie está querendo vem até nós.

– Shakespeare para o povo.

Dou uma olhada no encarte. Ele diz *Will Guerrilheiro. Shakespeare sem Fronteiras. Shakespeare Liberto. Shakespeare Grátis. Shakespeare para Todos.*

– Shakespeare de graça? – lê Melanie.

– É – responde a garota de cabelo cor-de-rosa e sotaque britânico.

– Sem lucro capitalista. Como Shakespeare gostaria que fosse.

– Você não acha que, na verdade, ele gostaria de vender ingressos para ganhar dinheiro com as peças de teatro? Não estou tentando bancar a esperta, mas me lembro do filme *Shakespeare Apaixonado* e de que ele sempre devia dinheiro para um e outro.

A garota rola os olhos, e eu começo a me sentir uma idiota. Olho para o chão. Uma sombra paira sobre mim, encobrindo momentaneamente o brilho do sol. E então ouço uma risada. Ergo os olhos. Não consigo ver a pessoa na minha frente porque ela está contra o sol, ainda brilhante naquela tarde. Mas consigo ouvi-lo.

– Acho que ela está certa – diz ele. – Ser um artista morto de fome talvez não seja tão romântico quando se está realmente morrendo de fome.

Pisco algumas vezes. Meus olhos se ajustam e vejo que o cara é alto, talvez uns 30 centímetros mais alto do que eu, e magro. O cabelo dele tem centenas de tons de louro, e os olhos são tão castanhos que quase chegam a ser negros. Preciso colocar o pescoço para trás para conseguir olhá-lo, e ele abaixa a cabeça para poder olhar para mim.

– Mas Shakespeare está morto; não está recebendo direitos autorais lá no túmulo. E nós, nós estamos vivos. – Ele abre os braços, como se fosse abraçar o universo. – O que vocês vão ver?

– *Hamlet* – respondo.

– Ah, *Hamlet*. – O sotaque dele é muito leve, quase imperceptível. – Acho que uma noite como esta não se desperdiça com tragédias. – Ele olha para mim, como se fosse uma pergunta. Então sorri. – Ou em lugares fechados. Estamos fazendo *Noite de Reis*. Ao ar livre. – Ele me passa um panfleto.

– Vamos *pensar* no assunto – comenta Melanie com sua voz de periguete.

O cara levanta um ombro e inclina o pescoço na direção dele, a orelha quase tocando a omoplata angulosa.

– Como quiser – diz ele, apesar de estar olhando para mim.

Então, caminha alegremente para se juntar ao restante de sua trupe.

Melanie os observa ir embora.

– Uau! Por que eles não estão no Teen Tours! Extravaganza Cultural? Essa é uma cultura pela qual eu poderia me interessar.

Fico olhando eles se afastarem, sentindo um estranho puxão.

– Já vi *Hamlet* antes, sabe?

Melanie olha para mim, as sobrancelhas, que ela tirou demais até formarem uma linha fina, arqueadas.

– Eu também. Foi na TV, mas até aí...

– Poderíamos ir... assistir. Quer dizer, seria diferente. Uma experiência cultural, e foi por isso que nossos pais nos mandaram neste tour.

Melanie ri.

– Olha só quem está se revelando uma ovelha negra! Mas e a Nossa Líder Destemida? Parece que está se preparando para fazer mais uma contagem.

– Bom, o calor estava realmente a incomodando... – começo.

Melanie olha para mim por um segundo, depois a ficha cai. Ela lambe os lábios, sorri e fica vesga.

– Ah, claro. Estou com insolação. – Ela se vira para Paula, que é do Maine e está concentradíssima lendo um guia da Fodor. – Paula, estou me sentindo muito tonta.

– Está quente demais – diz Paula, concordando, com simpatia. – Você deve se hidratar.

– Acho que vou desmaiar ou sei lá. Estou vendo pontinhos pretos.

– Não exagere – cochicho.

– É bom criar um clima – murmurou Melanie, agora já gostando daquilo. – Ah, acho que vou desmaiar.

– Sra. Foley – chamo.

A Sra. Foley levanta os olhos dos nomes ticados de sua lista de chamada. Ela vem até nós, o rosto tão cheio de preocupação que me sinto mal por estar mentindo.

– Acho que Melanie, quer dizer, Mel está tendo uma insolação.

– É mesmo, pobrezinha? Não deve demorar muito mais agora. E dentro do teatro está fresco e agradável.

A Sra. Foley fala de um jeito híbrido, misturando o sotaque do meio oeste com o britânico, e todos fazem piadas sobre isso, pois acham arrogante. Eu, no entanto, acho que é só porque ela é de Michigan e passa muito tempo na Europa.

– Acho que vou vomitar – continua Melanie. – Odiaria fazer isso dentro do Swan Theatre.

O rosto da Sra. Foley se enruga de nojo, embora eu não saiba dizer se era pela ideia de Melanie colocar os bofes para fora dentro do Swan ou pelo uso da palavra "vomitar" tão perto da Royal Shakespeare Company.

– Ah, querida. Acho melhor acompanhá-la até o hotel.

– Eu posso levá-la – ofereço.

– Mesmo? Ah, não. Eu não poderia. Você deveria ver *Hamlet*.

– Não, tudo bem. Eu a levarei.

– Não! É minha responsabilidade levá-la. Eu simplesmente não poderia lhe passar um fardo como este.

Consigo perceber o conflito que ela está enfrentando consigo mesma através do rosto distorcido.

– Não tem problema, Senhora Foley. Já vi *Hamlet* antes, e o hotel fica logo depois da praça.

– Mesmo? Ah, isso seria fantástico. Acreditaria se dissesse que, em todos esses anos fazendo isso, nunca vi o *Hamlet* do Bardo interpretado pela RSC?

Melanie faz um pequeno grunhido para dar um efeito especial. Pego-a gentilmente pelo cotovelo. Sorrio para a Sra. Foley.

– Então, definitivamente, a senhora não deveria perder isso aqui.

Ela concorda com a cabeça solenemente, como se estivéssemos discutindo negócios importantes aqui, a linha de sucessão do trono ou algo do tipo. Então, ela toca minha mão.

– Tem sido um prazer tão grande viajar com você, Allyson. Vou sentir sua falta. Se os jovens de hoje fossem iguais a você. Tão... – Ela faz uma pausa momentânea, procurando a palavra certa. – Tão boazinha.

– Obrigada. – Agradeço automaticamente. Mas seu elogio me deixa vazia. Não sei se por essa ser a coisa mais legal que ela consegue pensar sobre mim, ou se por não estar sendo tão boazinha assim naquele momento.

– Boazinha uma ova! – Melanie ri assim que saímos da fila e ela pode parar de fazer cena.

– Fique quieta. Não gosto de fingir.

– Bem, você é muito boa nisso. Se me perguntasse, diria que pode ter uma carreira promissora.

– Não estou perguntando. E aí, onde é o lugar? – Olho para o panfleto. – Canal Basin? O que é isso?

Melanie pega seu telefone, que, diferentemente do meu, funciona na Europa, e abre o aplicativo de mapas.

– Parece ser uma baía perto do canal.

Alguns minutos depois, chegamos à beira da água. Parece carnaval, cheio de gente para lá e para cá. Há barcas amarradas ao lado da água, barcos diferentes vendendo de tudo, desde sorvetes até pinturas. A única coisa que não existe é qualquer tipo de teatro. Ou palco. Ou cadeiras. Ou atores. Olho para o panfleto de novo.

– Será que não é em cima da ponte? – pergunta Melanie.

Caminhamos de volta até a ponte medieval cheia de arcos, mas é só mais do mesmo: turistas como nós perambulando numa noite quente.

– Eles disseram que era hoje à noite? – pergunta Melanie.

Penso naquele cara, os olhos absurdamente escuros, dizendo especificamente que *esta noite* não era muito boa para tragédias. Mas, ao olhar em volta, não há nenhuma peça aqui, obviamente. Provavelmente era algum tipo de piada: engane o turista idiota.

– Vamos tomar um sorvete, assim a noite não vai ser totalmente desperdiçada – sugiro.

Estamos entrando na fila do sorvete quando ouvimos um zumbido de guitarras acústicas e o eco das batidas de bongô. Meus ouvidos se aguçam, meu sonar sintoniza. Fico em pé em cima de um banco para olhar em volta. Não que um palco tenha magicamente aparecido, mas o que acaba de se materializar é uma multidão, bem grande, embaixo de várias árvores.

– Acho que está começando – digo, agarrando a mão de Melanie.

– Mas e o sorvete? – reclama ela.

– Mais tarde – digo, puxando-a em direção à multidão.

"Se a música é o alimento do amor, continue tocando."

O cara que interpreta o Duque Orsino não se parece nada com um ator shakespeariano, exceto talvez na versão cinematográfica de Romeu e Julieta com Leonardo DiCaprio. Ele é alto, negro, com *dreadlocks* no cabelo e vestido como uma estrela do rock cheia de glamour, calça justa de vinil, sapatos de bico fino e um tipo de camiseta de redinha que deixa entrever o peito torneado.

– Ah, com certeza fizemos a escolha certa – cochicha Melanie ao meu ouvido.

Conforme Orsino faz seu monólogo de abertura ao som das guitarras e dos bongôs, sinto um arrepio me subir pela espinha.

Assistimos ao primeiro ato inteiro, seguindo os atores pela beira da água. Quando eles andam, nós andamos junto, o que dá a sensação de que fazemos parte da peça. Talvez por isso seja tão diferente. Eu já vi Shakespeare antes. Produções escolares e algumas peças no Philadelphia Shakespeare Theatre. Mas sempre me senti ouvindo algo em uma língua que não entendia muito bem. Tinha que me forçar a prestar atenção e, na metade do tempo, acabava relendo o programa vez após outra, como se aquilo pudesse me dar uma compreensão mais profunda.

Desta vez, caiu a ficha. É como se meus ouvidos tivessem se sintonizado com a língua esquisita e eu tivesse sido absorvida totalmente pela história, do mesmo modo como quando vejo um filme e consigo senti-lo. Quando Orsino se consome de desejo pela fria Olívia, sinto aquele soco no estômago por todas as vezes que me apaixonei por caras para os quais eu era totalmente invisível. E, quando Viola chora pelo irmão, sinto a solidão dela. Quando ela se apaixona por Orsino, que pensa que ela é um homem, é de fato engraçado e ao mesmo tempo tocante.

Ele não aparece até o segundo ato. Ele faz o papel de Sebastian, o irmão gêmeo de Viola, que pensavam estar morto. O que faz certo sentido, pois, quando ele entra em cena, estou começando a pensar que ele nunca existiu, que foi apenas fruto da minha imaginação.

Ao correr pela grama, perseguido pelo sempre leal Antônio, nós todos o perseguimos. Um tempo depois, tomo coragem.

– Vamos chegar um pouco mais perto – digo a Melanie.

Ela agarra minha mão, e vamos até a frente da multidão, bem na parte em que o bobo da corte de Olívia vem atrás de Sebastian e eles discutem, antes de Sebastian mandá-lo embora. Um pouco antes de sair, ele parece cruzar o olhar com o meu por meio segundo.

À medida que a luz do dia quente vai suavemente se transformando num crepúsculo e eu vou ficando cada vez mais envolvida no mundo ilusório de Illyria, sinto-me como se tivesse entrado em algum estranho espaço de outro mundo, onde qualquer coisa pode acontecer, onde as identidades podem ser trocadas como sapatos. Onde os que pensávamos estar mortos podem viver de novo. Onde todos têm o seu "felizes para sempre". Reconheço que é meio fora de moda, mas o ar está morno e gostoso, as árvores estão frondosas e exuberantes, os grilos estão cantando e parece que, só desta vez, é possível acontecer.

Rápido demais, a peça está chegando ao fim. Sebastian e Viola se unem novamente. Viola revela a Orsino que ela é na verdade uma garota e ele, obviamente, agora quer se casar com ela. Olívia percebe que Sebastian não é a pessoa com quem pensou ter se casado, mas não se importa: ela o ama de qualquer maneira. Os músicos estão tocando quando o bobo da corte faz o monólogo final. E então os atores vêm ao palco e agradecem, cada um fazendo algo meio bobo durante o agradecimento. Um dá cambalhotas. Outro toca guitarra. Quando Sebastian agradece, passa os olhos pela plateia e para bem em cima de mim. Abre aquele sorrisinho amarelo engraçado, tira uma das moedas falsas do bolso e a joga para mim. Está bem escuro e a moeda é pequena, mas consigo pegá-la, e agora parece que as pessoas também batem palmas para mim.

Com a moeda na mão, aplaudo. Aplaudo até minhas mãos começarem a formigar. Aplaudo como se, fazendo isso, pudesse prolongar a noite, pudesse transformar a *Noite de Reis* num *Longo Reinado*. Aplaudo para poder me agarrar a esse sentimento. Aplaudo porque sei o que acontecerá quando eu parar. A mesma coisa que acontece quando termina um filme muito bom, no qual tenha me perdido: serei jogada de volta à minha própria realidade, e algo sombrio nascerá em meu peito. Às vezes assisto a um filme várias vezes só para recapturar aquele sentimento de estar dentro de algo real. O que, eu sei, não faz o menor sentido.

Mas não há recomeço esta noite. A multidão está se dispersando, os atores, indo embora. As únicas pessoas do espetáculo ainda ali são alguns músicos passando o chapéu para doações. Pego uma nota de dez libras na carteira.

Melanie e eu ficamos em silêncio juntas.

– Uau! – diz ela.

– É mesmo. Uau! – respondo.

– Isso foi muito legal. E olha que eu odeio Shakespeare.

Eu balanço a cabeça.

– E será que sou eu ou aquele cara lindo da fila, o que fez o papel de Sebastian, estava de olho em nós?

Nós? Mas ele jogou a moeda para *mim!* Ou por acaso fui eu que a peguei? Por que ele não estaria de olho em Melanie, com seu cabelo louro e seu top estilo camisola? Mel 2.0, como ela se chamava, tão mais atraente que Allyson 1.0.

– Não deu para ver – digo.

– E ele jogou moedas para nós! Mandou bem, por falar nisso. Talvez devêssemos tentar encontrá-los. Ficar um pouco com eles ou qualquer coisa do gênero.

– Eles já foram embora.

– Sim, mas aqueles caras ainda estão aqui. – Ela apontou para os coletores de dinheiro. – Podemos perguntar onde eles ficam.

Balancei a cabeça.

– Duvido que queiram passar o tempo deles com duas adolescentes americanas idiotas.

– Não somos idiotas, e a maioria deles não parecia ser muito mais velho que um adolescente.

– Não. Além disso, a Senhora Foley pode querer dar uma olhada em nós. Precisamos voltar para o hotel.

Melanie rolou os olhos.

– Por que você sempre faz isso?

– Isso o quê?

– Diz não a tudo. É como se fosse avessa à aventura.

– Não digo não sempre.

– Nove em dez vezes. Estamos prestes a ir para a faculdade. Vamos viver um pouco.

– Eu vivo o suficiente – retruco. – Além do mais, isso nunca a incomodou antes.

Melanie e eu somos amigas desde que a família dela se mudou para duas casas depois da nossa no verão antes da segunda série. Desde então, temos feito tudo juntas: perdemos nossos dentes juntas, ficamos menstruadas na mesma época, até nossos namoros vieram em parceria. Eu comecei a sair com Evan poucas semanas depois de ela ter começado a sair com Alex (que era o melhor amigo de Evan), ainda que ela e Alex tenham terminado o namoro em janeiro enquanto Evan e eu duramos até abril.

Passamos tanto tempo juntas que quase temos uma língua secreta de piadas e olhares confidenciais. Claro, já brigamos bastante. Às vezes éramos como irmãs. Uma vez quebramos um abajur durante uma briga. Mas nunca foi como agora. Eu nem mesmo tenho certeza do que está acontecendo; desde que começamos o tour, estar com Melanie me faz sentir como se eu estivesse perdendo uma corrida na qual nem sabia que havia entrado.

– Vim aqui esta noite – expliquei, minha voz trêmula e defensiva. – Menti para a Senhora Foley para que pudéssemos vir.

– Grande coisa! E nós nos divertimos muito! Então, por que não continuamos?

Chacoalhei a cabeça.

Ela remexe dentro da bolsa e tira o telefone, checa as mensagens de texto.

– *Hamlet* também acabou de terminar. Craig diz que Todd levou a turma para um pub chamado Dirty Duck. Gosto do som desse nome. Venha com a gente. Vai ser ótimo!

O fato é que eu saí com Melanie e todo mundo do tour uma vez, quando fazia uma semana que estávamos viajando. A essa altura, eles já haviam saído algumas vezes. E, apesar de Melanie conhecer esses caras havia apenas uma semana, o mesmo tempo que eu os conhecia, ela tinha todas essas piadinhas secretas com eles que eu não entendia. Fiquei sentada em volta da mesa cheia de gente, tomando conta de uma bebida, me sentindo como uma criança azarada que tem que começar numa nova escola no meio do ano.

Olho para o meu relógio, que tinha escorregado até embaixo. Puxo-o de volta para cima, cobrindo a feia marca de nascença bem no meu pulso.

– São quase onze horas, e temos que acordar cedo para pegar nosso trem. Se você não se importar, vou levar meu eu avesso a aventuras de volta para o quarto. – Com a voz cheia de rancor, pareço minha mãe falando.

– Tudo bem. Vou andando até lá com você e depois vou para o pub.

– E se a Senhora Foley for dar uma olhada em nós?

Melanie ri.

– Diga a ela que tive uma insolação. E que agora não está mais tão quente. – Ela começa a subir a rampa de volta em direção à ponte. – O quê? Está esperando alguma coisa?

Olho na direção da água, as barcas agora se esvaziando da movimentação da noite. Os coletores de lixo lá fora, numerosos, trabalhando. O dia está terminando; não tem volta.

– Não. Não estou.